Raoul&Katze

아이노쿠사비 6

"핥아라."
순간 리키의 양어깨가 흠칫 떨렸다.
순종을 나타내는 '키스'가 아니라, 절대복종을 보이기 위해
일부러 '핥아라'하고 명령한 이아손이 증오스러웠다.

아 이 노 쿠 사 비

6

글 요시하라 리에코
그림 나가토 사이치

MM NOVEL

번역 김진영 **표지** 조은아 **편집** 김경선 **마케팅** 김정훈 **주간** 정다움

목 차

1장

환락의 도시 'MIDAS(미다스)'.

이 세상의 온갖 '꿈'과 '욕망'을 구현화한 별세계.

성계 지도상 행성 아모이는 살리나스 은하계 변경에 자리 잡고 있으나 어느 은하 연방에도 소속되지 않은 독립 국가 'TANAGURA(타나그라)'의 지배를 받는 관광지로 유명하며 이곳을 찾는 단골들의 발길은 끊이지 않는다. 물론 단골이 되기 위해서는 충분한 '돈'과 '시간'이 최소한의 조건이라는 사실은 말할 필요도 없다.

몇 달 전부터 예약해야 하는 것이 상식인 미다스행 골든 티켓은 선택받은 자만이 손에 넣을 수 있는 특권이다. 일반 소시민이 기대할 수 있는 우연한 행운 따윈 결코 찾아오지 않는다.

생체 인증이 의무화된 관광 비자에는 억지도 연줄도 우대도 부정도 일절 통용되지 않는다. 누구든 티켓을 손에 넣으려면 순서를 기다리는 게 상식이다.

그러나 자산과 시간이 풍족한 상류 계급에도 엄연한 격차가 있다. 미다스행 골든 티켓은 그 격차를 구분하는 계급의 상징이었다.

타나그라가 정한 기본 룰만 엄수하면 미다스는 모든 것에 관대한 낙원이다. 인종도 성별도 성벽도, 심지어 종교적 또는 인도적 금기마저 따지지 않는다.

그러나 그런 미다스에도 유일한 오점은 있다.

바로 에어리어—9 'CERES(케레스)'라는 존재다.

미다스 공식 지도에서 영구 말소된 특별자치구.

과거 케레스는 고매한 사상과 정열의 상징이었으나 지금 그런 것들은 흔적조차 찾아볼 수 없다. 썩어문드러진 자유를 주체하지 못하고 폐쇄감 속에서 신음하고 있다. 정식 ID도 갖지 못하고 남녀의 비율이 9대1인 일그러진 사회. 미다스 시민은 혐오와 경멸을 담아 그곳을 '슬럼'이라고 불렀다.

그 슬럼 한구석에 전 바이슨 멤버들의 아지트가 자리 잡고 있었다.

술을 마시고 주정을 부리거나 기분을 달래기 위한 아지트가 아니다. 오락거리가 드문 슬럼에서 부업을 하기 위해 마련한 곳. 뭐든지 걸어도 되는 도박 레이스 모토클로스 서킷에 사용하는 에어 바이크를 개조하기 위한 작업장을 겸하고 있었다.

에어 바이크는 그룹 항쟁에 없어서는 안 되는 필수품이지만 반드시 신품이어야 할 필요는 없다. 오히려 얼마나 개성 있게 개조해서 눈에 띄게 만드느냐가 중요하다.

단순히 고급품이라서 살 수 없다기보다는 슬럼에서 그런 물건을 과시하고 다니다간 당장 도둑맞아서 다음 날 해체상의 부품이 되어버릴 게 뻔하기 때문이다.

과거 키리에는 벼락출세의 상징이자 증거—신형 에어카를 타고 보란 듯이 슬럼을 질주하는 퍼포먼스를 펼쳤다. 하지만 그런 키리에조차 애지중지하는 차를 도둑맞을까봐 두려워서 평소에는 눈이 튀어나오게 비싼 돈을 지불하고 시큐리티 보증이 딸린 주차장을 빌렸을 정도다. 그가 그걸 단순한 돈 낭비로 여기지 않았던 이유는 한마디로 '나는 승리자'를 강조하는 자기 과시욕이 흘러넘쳤기 때문이다.

바이슨이 해산한 후 남아도는 시간을 어영부영 허비하지 않고 부업을 시작한 것은 노리스의 연인 막시의 영향이었다.

장신에 근육질. 늘 수염을 아무렇게 기른 무서운 얼굴인데도 그는 유난히 섹시했다. 게다가 상당히 비뚤어진 성격. 하지만 실력은 매우 뛰어나다.

막시의 작업장에는 폐품뿐만 아니라 희귀한 리사이클 물품이 보물의 산처럼 파묻혀 있다.

물론 공짜는 아니다.

사생활과 비즈니스는 별개라고 공언한 막시는 노리스와 페어링 파트너가 되기를 간절히 원하면서도 자신의 신념을 굽히지 않았다.

그 철저함을 '치사하다', '사랑이 부족하다'고 투덜거리면서도 노리스는 그의 융통성 없는 꽉 막힌 성격에 홀딱 반한 눈치였다. 물론 절대로 그렇게 말하진 않았지만 단순한 섹스 프렌드로 끝나지 않는 그와 막시의 농밀한 관계를 보면 대충 짐작이 갔다.

그런 노리스가 켈리의 아지트를 찾아온 것은 해가 저물기 시작할 무렵이었다.

평소 같으면 기름투성이… 까지는 아니더라도 각자 특기 분야의 개조에 열중하고 있어야 할 멤버들이지만 리키가 사라진 후로는 의욕도 저하되어 있었다.

"뭐야, 노리스. 왜 이렇게 늦었냐."

간이 소파에 앉은 시드가 무뚝뚝하게 말했다.

"아… 좀 이상한 소문을 들어서 확인하고 왔어."

냉장고에서 탄산주 병을 꺼낸 후 노리스는 평소 자신의 지정석인 리클라이닝 시트에 털썩 기대어 앉았다.

"소문?"

루크가 시드 옆에서 한쪽 눈썹을 치뜨며 지긋지긋하다는 듯이 코웃음을 쳤다.

"어차피 키리에와 관련된 소문이겠지?"

미다스 치안 경찰이 치외법권 케레스에 쳐들어온 이후, 그 원흉인 키리에에 대한 소문은 좀처럼 잠잠해지지 않았다.

그룹 항쟁의 영역을 뛰어넘은 '키리에를 증오하는' 목소리. 이미 슬럼에서 키리에는 가상의 적 그 자체였다.

개인주의가 철저한 슬럼에서는 그 자체가 이변인 셈이다.

키리에가 미움받고 있다는 증거라기보다는 치외법권이라는 환상이 무너진 충격에 슬럼 전체가 격렬하게 흔들리고 있다는 증거다.

리키의 두 번째 실종과도 어우러져 가이를 비롯한 멤버들의 입장도 미묘했다. 사건의 당사자는 아니지만 그들 또한 전혀 관계가 없다고는 할 수 없다. 슬럼의 통설은 그러했다.

멤버들 입장에서 말하자면 그야말로 엎친 데 덮친 격으로 불똥이 튄 셈이지만 한번 붙어버린 딱지는 쉽게 뗄 수 없었다.

물론 그렇다고 끙끙 앓거나 스트레스를 받을 만큼 섬세한 신경을 지닌 사람은 아무도 없었다.

노리스는 탄산주를 한 모금 꿀꺽 마셨다.

"아니야."

그러고는 흘낏 가이를 바라보았다.

"리키 얘기야."

순간 축 늘어졌던 분위기가 한순간에 바뀌었다.

"리키가… 왜?"

가이뿐만 아니라 루크와 시드의 얼굴도 순식간에 험악해졌다.

"지난주, 미다스로 크루징을 갔던 놈들이 에어리어—1에서 리키를 본 모양이야."

키리에 사건으로 한동안 자숙하는 분위기였던 크루징이 슬슬 부활하기 시작했다는 사실은 멤버들도 알고 있었다.

물론 가이와 멤버들은 이제 와서 크루징을 하고 싶은 생각이 없었다. 그러나 스릴과 실익을 겸비한 담력 시험은 폐쇄감으로 가득한 슬럼의 젊은이들에게 단순한 유희라기보다는 오히려 절실한 스트레스 해소법이다. 위험도가 늘었다고 해서 쉽게 그만둘 수는 없다.

"진짜냐?"

시드가 무심코 몸을 앞으로 내밀었다.

"그냥 헛소문 아니야?"

루크가 살짝 입가를 일그러뜨리며 물었다.

질투로 뒤범벅된 중상모략부터 그냥 들어 넘길 수 없는 악질적인 비방까지, 키리에 사건과 리키의 실종과 관련하여 온갖 소문이 끊이지 않았다. 술자리에서 분위기를 띄우기 위해 빼놓을 수 없는 화제였기 때문이다.

물론 그런 소문에 놀아나는 것은 바이슨 시대를 모르는 자들뿐. 어쩌면 성공을 위해 발버둥 치다 실패하고 슬럼으로 돌아온 리키가 의외의 이빨을 숨기고 있었다는 사실에 반발과 질투를 느꼈기 때문일지도 모른다.

"에어리어―1 어디에서?"

"아파티아."

한순간 멤버들은 아무 말도 할 수 없었다.

만약 그게 렌탈 전문 '마미나'나 '하데스'였다면 곧 음담패설로 직행해서 결국 모두가 들은 척도 하지 않았을 것이다.

"아파티아라면… '그' 아파티아?"

루크의 입에서도 반신반의하듯 괴상한 목소리가 튀어나왔다.

"응. 엄청 돈 많은 특권 계급 전용 주택."

거짓인지 진실인지는 모르지만 아파티아란 특권 계급 놈들이 자신의 정부를 들여앉히기 위한 주거 시설이라는 게 미다스의 정설이다.

도무지 믿기 힘든 얘기지만 아무도 웃어넘길 수 없었다.

키리에와 얽히면서 지금까지 보이지 않았던… 보려고도 하지 않았던 현실을 직시할 수밖에 없었다. 이쯤 되면 무슨 일이 있어도 이상할 것은 없다.

잘못 본 걸까.

사실일까.

소문을 부추기기 위해 지어낸 말일까.

슬럼에 틀어박혀 있는 한 거짓과 진실이 뒤섞인 소문의 진위는 알아낼 방도가 없다.

"틀림없나?"

가이의 목소리는 몹시 딱딱했다.

"몰라. 애송이들은 틀림없다고 난리를 치고 있지만⋯."

"애송이들?"

"사일러스 졸개들."

"빨간 머리랑 갈색 머리 콤비?"

"아⋯."

"그럼 별로 믿을 게 못 되네."

"⋯그건 그렇지만."

노리스는 애매하게 말꼬리를 흐렸다.

리키의 갑작스러운 실종은 수수께끼가 너무 많아서 의혹 이전의 문제였다. 블랙마켓의 거물 '스카페이스 카체'와의 관계도 무시할 수 없다.

아무것도 모를 땐 좋았다. 어디서 뭐라고 푸념을 늘어놓든, 누구와 무슨 주정을 하든, 진심도 농담도 전부 쓴웃음과 폭소로 상쇄되었다.

그러나.

지금은 술에 취해 섣불리 입을 놀리는 것조차 꺼려졌다.

아니.

무서웠다.

몰라도 되는 비밀을, 묻어둬야 할 사실을 알아버렸기 때문이다. 자신들의 상식과 양식의 범주를 크게 벗어났기 때문이다.

너무 많은 걸 알아봤자 좋을 건 없다. 멤버들 모두 그 사실을 뼈저리게 실감하지 않을 수 없었다.

그래서일까. 누가 뭐라고 한 것도 아닌데 요즘 멤버들의 발길은 단골 술집과도 완전히 멀어지고 말았다.

슬럼 주민들의 성역 '가디언'의 진실. 설령 그것이 있을 수 없는 사실 또는 절대 인정하고 싶지 않은 현실이라 해도, 닐 다트의 지코가 알려준 정보가 진실이 아니라고 단호하게 부정할 수는 없다.

키리에와 얽힌 일련의 사건들.

눈에 보이는 결과와 그곳에 이르기까지, 그 경위에는 멤버들이 모르는 공백이 있다.

공백의 진실을 말해줄 수 있는 사람은 당사자인 키리에뿐이지만 어쩌면 리키도 그 비밀의 끝자락을 쥐고 있을지 모른다. 그게 단순한 억측에 지나지 않는다 해도 멤버들은 도저히 견딜 수가 없었다.

이미 일어난 일을 없었던 것으로 만들 수는 없다.

알게 된 이상 몰랐던 때로 돌아갈 수는 없다.

남의 일이라고 생각하고 잊어버린 척할 수도 없다.

그렇다면.

─어떻게 하지?

어떻게 하면 좋지?

─모르겠다.

그것이 가이와 멤버들의 속내였다.

─※─

24시간 잠들지 않는 거리.

그것이 미다스의 캐치프레이즈. 하지만 그 진가는 날이 완전히 저문 밤에 비로소 발휘된다.

어둠 속에 군림하는 불야성은 화려하고 향락적인 라이트 아트의 홍수다. 세련되고 예술적인 광경부터 기이하고 외설적인 광경까지, 혼연일체가 되어 관광객들의 욕망을 자극하고 이성과 사고를 마비시킨다.

허와 실.

에로티시즘과 그로테스크.

아름다움과 추악함.

"마치 성감대… 같군."

리키는 창가에 서서 작게 중얼거렸다.

에오스에서 멀리 보이는 미다스의 야경은 그나마 스팽글처럼 아름다웠다.

그러나 아파티아 창문 너머 보이는 광경은 숨 막힐 정도로 음란하고 자극적이었다.

불야성의 일루미네이션은 이곳에 몰려드는 자들에게는 일종의 미약이다.

그러나 리키는 알고 있었다. 아무리 아름답고 화려하게 치장해도 공식 지도에서 영구 말소된 케레스를 포함하여 모든 것은 타나그라를 위한 거대한 바이오 팜, 실험장에 불과하다는 사실을.

케레스를 '슬럼'이라고 부르며 멸시하고 벌레처럼 혐오하는 미다스 시민들은 법률과 규범에 얽매이는 대가로 존재 의미를 보장받고, 그렇게 각인된 의무감에 의해 자아를 거세당한다. 썩어빠진 자유를 주체하지 못하는 슬럼의 주민들이 갈 곳 없는 폐쇄감에 짓눌리는 대신, 자신들이 생명 윤리와 기본 인권을 무시한 우리 속에서 사육되는 가축이나 마찬가지라는 사실을 그 누구도 알지 못한다.

– 에오스의 펫(장난감).
– 슬럼의 잡종(쓰레기).
– 미다스 시민(가축).

뭐가 제일 나은지 물어봤자 답은 나오지 않는다.

그때….

슬럼의 집에서 벼랑 끝에 몰려 둘 중 하나를 선택하라는 결단을 강요당했을 때, 이아손의 뜻대로 되기 싫어서 고발할 만한 비밀을 쥐고 있다고 큰소리를 쳤다. 하지만 실행하지도 못할 허세가 통용될 리 만무했다. 당연히 이아손의 냉소만 사고 끝났다.

사람의 말에 겉과 속이 있는 것처럼 진실에도 반드시 '앞'과 '뒤'가 존재한다. 그걸 아는 것과 폭로하는 것은 전혀 다르다는 사실을 리키는 이아손과의 관계를 통해 통감했다.

단순한 돌멩이도 굳게 믿으면 값비싼 보석으로 보이기도 한다. 100퍼센트가 모두 진실일 필요는 없다.

그게 올바른 일인지.

그렇지 않은지.

리키도 모른다.

다만 관점이나 입장이 바뀌면 진실도 역전된다. 그것은 단순한 궤변이 아니라 분명 정곡을 찌르는 말이었다.

'아무것도 모르면 아무런 아픔도 느끼지 않는다… 라.'

마음속으로 혼잣말을 중얼거리며 리키는 창에서 떨어져 리모컨을 집어 들고 윈도우 센서를 켰다.

순식간에 창문이 부옇게 흐려지며 차광 모드로 변했다.

낮에는 태양광을 차단하고 밤에는 실내의 불빛이 밖으로 새어 나가는 것을 차단하는 그 장치는 에오스의 창문이 완전 자동 프리즘 편광식이었던 것과는 달리 무척 부드러운 색채였다.

이곳에는 퍼니처 칼도 없다.

설령 이곳이 에오스를 대신하는 새로운 우리라 해도, 목에 보이지 않는 사슬이 감겨있다 해도, 자기 일은 전부 자신의 뜻대로 할 수 있다.

구속되어 있는 처지는 변함이 없어도 숨 막히는 족쇄는 없다.

지금 리키에게는 그것만으로도 충분했다.

2장

전뇌 기계도시 타나그라.

행성 아모이를 지배하는 중앙 도시의 밤은 깊고 무겁다. 함께 지어진 환락가 미다스가 밤마다 화려한 일루미네이션을 휘감고 어둠 속에 군림하는 것과는 정반대의 의미에서였다.

타나그라에는 모든 이들에게 개방적인 유사 낙원과는 비교조차 되지 않는 엄격한 격식이 존재한다. 그 중핵을 이루는 총령부 파르티아에서는 각 은하계를 대표하는 요인과 고위 관리를 맞이하여 파티가 성대하게 개최되고 있었다.

에어리어—3의 '미스트랄 파크'의 컨벤션 센터가 아닌, 이 파르티아에 초대받는 것은 연방 고위 관리에게도 최고의 대우였다.

진실로 선택받은 자만이 통과할 수 있는 타나그라 게이트.

모든 것이 중후하고 거대하고 위엄이 넘치는 타나그라. 그것도 13명의 블론디가 정장을 차려입고 호스트 역할을 맡은 리셉션 파티. 아무리 간절히 원해도 이루어지지 않을 최상급의 조건에 초대받은 자들은 그 어느 때보다 흥분해 있었다.

넓은 회장에는 호화로운 요리와 최고급 술이 즐비하게 놓여 있고, 세련된 급사용 안드로이드가 그 사이를 누비며 세심한 서비스를 제공했다.

그 속에서 다소곳이 게스트를 상대하는 접대용 펫들 가운데 좌우의 눈동자색이 다른 오드아이 키리에가 섞여 있었다. 녹아내릴 듯한 미소를 지으며 달콤한 독이 든 색향을 흩뿌리는 그가 슬럼의 잡종이라고는 아마 아무도 생각 못 할 것이다.

'갈고 닦으면 나름대로 빛이 나는 법인가…. 특이하고 보기 드문 타입이긴 하지.'

이아손 밍크는 시야 끄트머리를 스치고 지나가는 광경을 담담하게 바라보았다.

문득 이아손에게 들러붙어 있던 고위 관리가 자리를 비웠을 때, 그 틈을 노린 듯이 라울 암이 다가왔다.

"뭐냐, 라울. 이번 리셉션도 참석하지 않겠다고 하지 않았나?"

라울이 파티를 싫어하는 것은 어제오늘의 일이 아니다.

뿌리부터 연구자 체질인 과학자에게 거짓 웃음과 암묵적인 흥정이 태연하게 오가는 파티 따윈 시간이 아까운 정도가 아니라 그야말로 엄청난 낭비에 불과하다.

"그럴 생각으로 키이라의 실험실에 틀어박혀 있었는데 가끔은 얼굴을 내밀라면서 아이샤가 끌고 왔어."

원망하는 마음이 아예 없는 것은 아니겠지만 그의 목소리는 담담했다.

이번 파티의 실질적인 호스트인 아이샤 로젠은 붙임성이나 빈말과는 거리가 먼 블론디 중에서도 특히 눈에 띄게 무뚝뚝하다. 당연히 작은 미소조차 없이 늙고 교활하며 만만찮은 고관들과 환담을 나누고 있었다.

"매번 보란 듯이 자리를 비우면 타나그라 총괄 책임자로서 체면에 문제가 된다 이건가?"

딱히 빈정거릴 생각은 없었지만 의도는 충분히 전해졌는지 라울은 살짝 눈썹을 찡그렸다.

"자네도 조금은 기드온을 본받지그래?"

이아손은 시선으로 재촉했다.

"나더러 '그 녀석'과 똑같은 짓을 하라고?"

라울의 목소리가 땅을 기어가듯 낮아졌다.

기드온은 다양한 색채의 민족의상으로 잘 차려입은 여성들에게 둘러싸여 화기애애하게 분위기를 이끌고 있었다. 그 모습이 조금도 부자연스럽지 않았다.

특화된 뇌 이외에는 바이오테크놀로지의 기술을 집대성한 인공체 블론디. 그중에서 기드온은 가장 표정이 풍부하며 재치 있고 기지 넘치는 대화가 특기다. 그리고 언제나 여자들의 중심에 있었다.

"겨우 두 시간가량의 고행 아닌가. 그걸로 쌓이고 쌓인 빚을 갚을 수 있다면 아이샤도 체면을 세울 수 있을 거다."

이아손이 별다른 뜻 없이 말했다. 어디까지나 빈정거림이 아닌 사실이었다.

그 말에 앙갚음이라도 하듯이 라울이 물었다.

"아파티아는 어때?"

느닷없는 물음에도 이아손은 눈썹 하나 까딱하지 않았다.

"에오스에 비해 좁지만 뭐, 나쁘진 않아."

"아무렇지도 않게 말하는군. 펫을 키우기 위한 우리치고는 너무 사치스럽다는 말도 있던데?"

에오스의 퍼니처가 케레스의 '가디언' 중에서 선정된다는 사실.

그것은 블론디에게만 알려진 극비다. 따라서 이번 처분은 당연히 이례적인 특례다. 사태의 중대함을 인식하지 못하는 하급 엘리트의 질투에서 비롯된 소리인 줄 알면서도 라울은 그렇게 말했다.

"에오스의 실태를 유지하기 위한 고육지책이라고 생각하면 값싼 대가지."

뻔뻔스럽기까지 한 대답이 돌아왔다.

이 기회에 가장 흉악한 트러블메이커를 폐기 처분한다는 선택지를 단호하게 묵살하는 점이 그야말로 악취미의 제왕다웠다.

타나그라의 블론디에게는 있을 수 없는 집착.

이성과 자제를 무시한 강렬한 감정.

그리고 이번 특례.

라울의 머릿속에서는 도저히 일종의 기우가 사라지지 않았지만 '유피테르'가 그것을 묵인하는 이상 이제 와서 무슨 말을 해도 소용없다.

타나그라의 엘리트에게 '유피테르'는 유일무이한 창조주다. 그런 '유피테르'가 이아손의 행동이 타나그라의 규범에 저촉되지 않는다고 선언한 이상, 속마음은 어떻든 그 결정에 따를 수밖에 없다.

"그 녀석을 어쩔 셈이지?"

노골적으로 입에 담지는 않지만 다른 블론디들이 그 무엇보다 신경을 곤두세우고 있을 문제를 일부러 물었다.

"블랙마켓에서 써먹을 생각이다. 물론 행동 범위는 제한해야겠지만."

비상식의 극치인 대답이 돌아와도 라울은 더 이상 놀라지 않았다.

퍼니처가 해치려는 마음을… 아니, 살의를 품고 펫을 공격했다.

있을 수 없는 현실이 실제로 일어나는 충격. 그것은 이미 단순한 소동이 아니라 전대미문의 대사건이었다.

리키가 연금 상태였던 메디컬 룸에서 받은 사정 청취. 다른 방에서 사건에 대한 모든 사정을 털어놓는 리키를 실시간으로 지켜봤던 것은 라울과 오르페 그리고 아이샤 세 사람뿐이었다.

라울의 입장에서는 고집스럽게 입을 다문 리키에게 약을 투여해서 사건의 진실을 토해내게 만들고 그 후에 기억을 처리하는 것이 가장 빠르고 간편한 방법이었다. 오르페도 아이샤도 '반대'는 하지 않았다. 그러나 리키에 관해서라면 이상할 만큼 신경을 곤두세우는 이아손이 정론을 밀어붙여 그의 뜻을 꺾었다.

결과적으로 보면 이아손의 선택은 옳았다. 그 퍼니처의 정신이 붕괴되고 게다가 뇌까지 괴사해버린 것도, 에오스의 감시 카메라가 일제히 시스템 다운한 불의의 사태도, 결국 원인이 규명되지 않은 채 크나큰 수수께끼만 남긴 했지만.

이아손이 아니라면 아마 리키는 '가디언'과 관련된 과거까지 거슬러 올라가서 진실을 털어놓지는 않았을 것이다.

기억은 거짓말을 하지 않는다. 설령 죽어버린 후에도 뇌에 손상만 없으면 기억재생 장치를 통해 그 기억을 확실하게 재현할 수 있다.

그러나 만능은 아니다.

뇌는 '착각을 하기' 때문이다.

떠올리고 싶지 않은, 또는 잊어버리고 싶은 기억은 착오를 일으킨다. 그것은 키리에의 예를 보면 알 수 있다. 어떤 유전자 조작과 컨트롤도 되지 않은 야성이란 그런 것이다.

약을 사용하지 않고 속내를 털어놓게 만드는 테크닉. 그것은 이 아손이 전술에 뛰어난 책략가이기 때문은 아니었다.

라울은 그 모습에서 단순한 '주인'과 '펫'의 관계를 넘어선 유대를 본 듯한 기분이 들었다.

『내가 리키를, 리키를 사랑하고 있다… 고 말한다면 자넨 나를 비웃을 텐가, 라울.』

농담으로 넘길 수 없는 헛소리다.

블론디의 긍지를 진흙탕에 처박는 금구.

마치 라울의 경악을 자극하기 위해 던진 듯한 그 말이 문득 머릿속에 되살아났다. 뭐라 말할 수 없이 복잡한 심정이었다.

말로 표현하지 않았을 뿐 오르페와 아이샤도 분명 아주 많은 생각을 했을 것이다.

"아이샤가 용케 허가를 내렸군."

설령 아이샤가 거부했다 해도 온갖 구실을 붙여서 결국 뜻대로 밀어붙였겠지만.

"적재적소의 좋은 예가 실제로 존재하니까."

"카체… 말인가?"

라울은 작게 신음했다.

이아손은 태연하게 수긍했다.

중죄를 범하고 처벌되어야 할 퍼니처가 주인의 변덕으로 목숨을 건졌다.

그 처분이 자신의 방에 배치된 퍼니처를 가엾이 여기는 온정 때문이 아니라는 사실쯤 모두 알고 있지만 이아손의 악취미는 거기서부터 시작되었다 해도 과언이 아니다.

그 후 카체의 눈부신 실적을 보면 확실히 이아손에게 선견지명이 있다는 사실은 부정할 수 없다.

"그자가 기본 레벨이라면 기준이 조금 높은 것 아닌가?"

지금은 블랙마켓의 실력자로 올라선 전 퍼니처 스카페이스를 떠올리며 라울은 그렇게 말했다.

그러나.

"분수에 맞게 지내기만 하면 그걸로 충분해."

이아손의 입에서 흘러나온 것은 생각지도 못한 대답이었다.

"그자처럼 평생 마켓에서 일하게 할 생각은 없단 말인가?"

"리키는 내 펫이다. 카체와는 달라."

이아손이 단호한 어조로 말했다.

같은 케레스 양육 센터에서 자란 잡종이라도 이아손의 안에서는 뚜렷한 선이 그어져 있다.

그것이 더욱 라울의 우려를 증폭시켰다.

"펫 링이라는 족쇄가 있어도 밖에 내놓으면 선택지는 더욱 넓고 자유로워지지. 다릴 사건의 교훈이 무용지물이 되지 않을 거라는 보증은 없잖아?"

그 말마저도 이아손은 아무렇지 않게 받아넘겼다.

"보이는 사슬과 보이지 않는 사슬. 어느 쪽이 더 무거운지는 그 녀석의 몸에 충분히 새겨져 있을 거다."

애초에 카체와 다릴은 쌓아온 경험이 다르다.

다릴의 말이 거짓이 아니라면 그는 가디언 시절의 리키를 알고 있었다. 그래서 리키와 같은 방에서 사육되는 동안 억압되었던 감정과 향수가 억지로 눈을 뜬 것이다.

그리고 펫보다는 슬럼의 잡종이기를 원하는 리키에게 감화되어 변질되었다. 유능한 퍼니처라는 실적을 던져버릴 정도로.

다른 사람이 보기에는 단순히 어리석은 행동에 불과했을지라도.

『모든 것은 제 책임입니다. 그러니 부디 리키 님께는 관대한 처분을 부탁드립니다.』

다릴은 차라리 당당한 확신범이었다.

같은 확신범이라도 퍼니처 시절의 카체에게 그렇게까지 뚜렷한 각오는 없었다.

그러나 철저한 능력주의라는 블랙마켓에서 낙오되지 않고 기어 올라간 카체의 경험치는 다릴의 각오를 가볍게 뛰어넘는다.

그저 머리만 좋고 교활한 퍼니처 시절의 카체라면 이아손도 리키를 맡기지 않았을 것이다. 하지만 평생 마켓에 묶여있어야 한다는 자각과 각오를 지닌 지금의 카체라면 이아손과는 다른 의미로 리키의 고삐를 잡을 수 있을 것이다.

정에 휘둘리지 않고.

방관자로서 선을 넘지 않고.

그러나 선구자로서 지혜와 조언만큼은 아끼지 않을 것이다. 동류라는 집착이 있는 한.

폐쇄적인 에오스에서 슬럼의 야생아를 길들이려고 했던 건 무모한 짓이었다.

하지만 이아손은 결코 그 말을 입에 담지 않았다. 실패는 다음에 그것을 활용할 경험치로 바꾸면 아무런 문제도 되지 않는다.

"옆에서 지켜보기엔 그 말도 아무 근거 없는 헛소리로 들린다만. 새삼 자네의 악취미에 대해 이러쿵저러쿵 해봤자 아무 소용없겠지."

이렇게 된 이상 무슨 말을 해도 소용없다고 생각한 것일까, 라울의 신랄한 독설도 한풀 꺾인 듯했다.

3장

미다스 표준시, 13:50.

에어리어—1 'LHASSA(라싸)'.

하늘은 무겁고 흐렸다.

부스럼처럼 낮게 들러붙은 구름은 검은색과 회색 그러데이션을 그리며 하늘을 뒤덮은 채 꿈쩍도 하지 않았다.

살갗에 들러붙지는 않지만 대기도 몹시 축축했다.

미다스는 여전히 소란스러웠다.

24시간 잠들지 않는 거리라는 슬로건에 거짓은 없다.

성계도(星界圖) 변경에 위치한 행성에 돈과 시간을 쏟아부어 찾아온 관광객들의 요구에 부응하기 위해 시민들은 당연히 혹사당한다. 자신이 미다스라는 거대한 우리 안에서 사육되는 가축이라는 인식조차 없는 시민들에게는 게스트에게 봉사해야 한다는 의무감은 주입되어 있어도 그런 의문 따윈 한 조각도 존재하지 않는다.

가이는 '러블 링'에 있는 6개의 메인 스트리트 중 하나인 창관가를 걷고 있었다.

미다스에서 정식으로 어떻게 불리는지는 모르겠지만 슬럼에서는 이곳을 '새장'이라고 부른다. 고급, 저급, 일시적인 유행을 노린 상품, 이단을 불문하고 남자도 여자도 그렇지 않은 자도 섹스만을 위해 사육되고 있기 때문이다.

'새장'을 걷다 보면 반드시 자신의 취향에 맞는 쾌락을 얻을 수 있다는 말이 있을 정도였다.

공영이기 때문에 이상한 병에 걸릴 걱정도 뒤끝도 없다. 안전하고 간편하다. 당연히 손님에게는 매춘을 하고 있다는 죄책감도 금기도 없다.

미다스의 룰을 준수하는 한 어떤 본성을 드러내도 비밀은 엄수된다. 인간의 도덕 따윈 모두 돈으로 상쇄되기 때문이다.

가이는 주위에 눈길조차 주지 않고 천천히 거리를 가로질렀다.

사거리에서 길 하나를 벗어나면 그곳은 빌딩 숲 계곡이다. 온종일 햇빛이 비치지 않는 뒷길을 가이는 익숙한 걸음걸이로 걸었다.

시야는 양옆의 벽에 짓눌릴 것처럼 비좁았다.

하늘은 한껏 흐리고 무거웠지만 그나마 낮이라 나은 편이었다. 해가 저물면 정말로 캄캄해서 아무리 가이라도 지름길이랍시고 이곳을 걸어갈 엄두는 내지 못할 것이다.

앞쪽에 몸을 숨긴 그림자를 발견하고 가이는 발걸음을 늦췄다.

"여어, 수고가 많군."

등 뒤에서 말을 걸자 시드는 지긋지긋한 듯이 맞은편 빌딩을 턱으로 가리켰다.

"오늘로 5일째야. 역시 헛소문 아닐까?"

"글쎄."

담담하게 받아넘기는 가이의 말투에서는 딱히 초조한 기색은

엿볼 수 없었다. 적어도 표면적으로는 그랬다.

슬럼에서 실종된 리키를 에어리어—1에서 목격했다.

그걸 아무 근거 없는 시시한 헛소문으로 치부하기란 간단한 일이다.

그러나 슬럼의 잡종에게 어울리지 않는다 뿐인가, 미다스에서도 특권 계급의 상징이라고 할 수 있는 '아파티아'라는 이름에 뭔가가 기묘하게 걸리는 것을 느꼈다.

농담이든.

비아냥이든.

선망을 넘어선 질투이든.

웃어넘기고 싶어도 웃어넘길 수 없는 가시.

라비에게 얻은 정보를 통해서 리키가 멤버들에게 말 못 할 비밀을 품고 있었다는 사실을 알게 된 후로 가이와 멤버들의 마음도 복잡하게 굴절되어 있었다.

눈에 보이는 것만이 진실은 아니다.

그걸 알면서도 정작 중요한 것은 아무것도 보지 못했다.

그 아이러니, 아니 분함이라고 해야 하나.

리키와 자신들을 멀어지게 만든 3년간의 공백이 또 다른 의미로 커다란 장벽이 되어버렸다는 사실을 가이는 자각할 수밖에 없었다.

아파티아는 가이와 시드가 숨어있는 빌딩 숲 골짜기에서 거리 하나를 사이에 두고 맞은편에 자리 잡고 있었다. 호화로운 쇼핑몰과는 전혀 다른 격조 높은 모습이었다.

헛소문에 놀아나고 있다는 생각은 조금도 들지 않았다. 그저 아무래도 반신반의의 심정이 사라지지 않는 것뿐.

그래서 멤버 넷이 교대로 살펴보기로 했다. 리키가 언제 나올지 몰라서 아예 아파티아 전체를 감시했다.

『일단 3시간씩 교대로 감시하는 게 어떨까?』

가이의 말에 아무도 반대하지 않았다. 평소에는 무조건 트집부터 잡아야 직성이 풀리는 루크조차 입을 다물고 있었을 정도다.

지금부터 17시까지 가이가 감시할 차례다.

"그만 가 봐도 돼."

"아… 뭐 어차피 할 일도 없으니까 잠깐 같이 있어주마."

"너만 괜찮다면 나야 상관없지만."

그로부터 30분.

슬슬 돌아갈까… 시드가 그렇게 생각하며 몸을 뒤틀었다.

그때였다.

"…야."

가이가 날카로운 목소리로 시드의 어깨를 움켜잡았다.

"리키다."

그 한마디에 온갖 생각이 들끓었다.

아파티아 문을 열고 리키가 나타났다. 특권 계급밖에 거주할 수 없는 고급 주택의 주민치고는 이질적인, 그러나 가이의 눈에는 익숙한 평소 모습 그대로.

자신을 응시하는 눈이 있는 줄도 모른 채 리키는 천천히 보도를 걷기 시작했다.

"가자."

가이는 피우던 담배를 내던지고 낮은 어조로 강하게 시드를 재촉했다.

━━━◈━━━

슬럼의 밤은 탁하고 무겁게 가라앉아 있다.

인접해 있는 불야성 미다스의 일루미네이션이 휘황찬란하면 휘황찬란할수록 어둠은 슬럼을 가차 없이 집어삼킨다.

전 바이슨 멤버들은 여느 때처럼 켈리의 아지트에 모여 있었다. 요 한 달 동안 그들은 부업인 에어 바이크의 특수 가공을 제쳐두고 전혀 돈이 되지 않는 탐정 일에 시간을 쏟아부었다. 디지털카메라로 찍은 리키의 사진을 단말기에 집어넣고 행동 범위를 예측하기 위한 지도 만들기에 열중했다.

"진짜 아파티아에 살고 있단 말이야?"

시드가 새삼스럽게 중얼거렸다. 낮게 쥐어짠 목소리에는 복잡한 속내가 고스란히 담겨 있었다.

"패트런은 누구지?"

노리스가 저도 모르게 신음하듯 중얼거렸다가 시드에게 옆구리를 찔려서 아차 하며 입을 다물었다.

그러나.

"무슨 수로 그런 패트런을 물었는지 꼭 얘기를 듣고 싶군."

단순한 빈정거림과는 거리가 먼 루크의 말이 그 행동을 쓸모없게 만들었다.

물론 루크의 경우 분위기를 파악하지 못하는 게 아니라 당연히 일부러 무시하는 쪽이었다.

"방범도 장난 아닌 것 같던데."

담담하게 말하는 가이의 시선은 화면에 못 박힌 채 꼼짝도 하지 않았다.

"생체 인증 ID?"

"그뿐이라면 간단하지만."

멤버들에게 지금 이 아지트는 부업을 하기 위한 중요한 거점이다. 모든 것이 자신의 책임인 슬럼에서는 방범도 마찬가지다.

리키의 지문도 손금도 안구도 지금 사용하는 단말기에 기록되어 있다.

부업으로 에어 바이크를 특수 가공하기 위해서는 전문적인 지식과는 별개로 독자적인 발상이 반드시 필요하다. 소중한 물건에는 확실한 방범 대책이 필요불가결하다는 것은 그야말로 기본 상식이다.

"그래서? 어쩔 셈이냐?"

"지금은 일주일에 한 번밖에 외출하지 않으니까 직접 집 안으로 쳐들어갈 수밖에 없겠지."

요 한 달 동안 멤버들이 교대로 리키를 끈질기게 감시한 결과, 리키의 행동은 놀랄 만큼 단조롭고 일정했다.

외출 시간은 수요일 오후. 오래된 드럭 스토어에 들어갔다가 한밤중이 되어서야 밖으로 나온다. 그곳에서 리키가 무엇을 하고 있는지는 모른다. 하지만 설마 특권 계급의 정점인 아파티아에 사는 리키가 별로 돈도 되지 않을 것 같은 초라한 드럭 스토어에서 아르바이트를 하고 있을 리는 없지 않을까.

그 기묘한 미스매치가 가이를 비롯한 멤버들의 머릿속에서 도저히 떠나지 않았다.

리키가 외출하지 않는 날을 선택해서 시험 삼아 가게에 들어가봤지만 싸구려 영양제를 진열해놓은 가게 안에는 할 일 없이 시간을 죽이는 점원 한 명이 가게를 지키고 있을 뿐, 딱히 장사가 잘되는 것 같지는 않았다.

그런 가게에서 리키는 대체 무엇을 하고 있을까?

모르겠다.

자신이 알고 있는 리키와 지금의 리키. 그 간극이 너무 커서 가이와 멤버들은 도무지 상상조차 할 수 없었다.

그러나 가게에 들어가서 오랜 시간 밖으로 나오지 않는 것은 틀림없는 사실이라 그 점이 더더욱 멤버들의 호기심을 자극했다.

그곳에서 무엇을 하고 있건 리키가 그저 하품을 삼키며 할 일 없이 시간을 죽이고 있지는 않을 것이다.

멤버들 모두가 그렇게 믿어 의심치 않았다.

"역시 제일 문제는 출입구의 시큐리티야."

어떤 건물이든 마찬가지다. 나가는 것은 지극히 간단하지만 들어가는 것은 어렵다. VIP들이 거주하는 아파트먼트라면 시큐리티도 더더욱 엄중할 것이다.

"그럼 거기 사는 놈 중 한 명한테 비밀번호를 슬쩍할까?"

"훔치는 건 역시 위험해."

"그럼 번호만 슬쩍 알아내는 건?"

주민에게 들키지 않고 비밀번호만 훔친다면 미다스의 인파는 오히려 유리하게 작용할 것이다. 아슬아슬하게 몸이 밀착해도 직접 살갗에 닿지 않으면 큰 소동은 일어나지 않는다.

타깃은 여자. 미다스는 치안이 좋은 게 장점이기 때문에 오히려 경계심이 희박하다.

"좋아, 그렇게 하자."

손에 넣을 수 없는 것을 손에 넣기 위한 게임이 아니다.

그러니까.

억지로 밀어붙여서 붙잡아봤자 아무 소용없다.

슬럼에서는 힘도 실력의 일종이지만 미다스에서 슬럼의 법칙은 통용되지 않는다.

키리에처럼 되는 건 사양이다.

그러니까 머리를 써서 지혜를 쥐어짜야 한다.

이 앞에 리키가 있다. 그것은 특수 가공한 에어바이크로 질주하는 쾌감과는 전혀 다른 것이다.

알고 싶은 것이 산더미처럼 많다.

그 중심에 리키가 있다.

그렇다면 이쪽에서 가는 수밖에 없다.

그렇게 생각하며 가이는 단말기 스위치를 껐다.

4장

어둠 속에 떠오른 일루미네이션이 단 한순간도 빛을 잃지 않는 불야성 미다스는 여느 때처럼 밤에 군림하고 있었다.

그 한 구역에 위치한 아파티아.

미다스에서 유일하게 개인 소유가 허락된 고급 주택에 법률상의 규정은 있어도 세분화된 규율은 없다.

사생활을 중시하기 때문에 지나치게 삼엄한 과잉 시큐리티는 오히려 경원을 당한다. VIP급 서비스를 바란다면 그에 상응하는 호텔은 얼마든지 있기 때문이다.

일상생활과 관련된 공용 부분을 제외하면 각 집이 각각 독립된 치외법권과도 같은 셈이다.

따라서 나름대로 자기 책임이 필요하다.

물론 정해진 규정을 위반하면 그걸로 끝이지만 최상급 신분의 상징인 이곳에 거주할 권리를 스캔들로 인해 박탈당하는 바보 같은 짓을 저지르는 자는 지금까지 아무도 없었다.

에오스 정도는 아니지만 세련되고 차분한 방 안, 자신에게 주어진 방에서 리키는 아까부터 몇 번이나 입력 실수를 되풀이하다가 키보드를 치는 손을 멈추고 작게 혀를 찼다.

"5년이나 지나서 이제 아마추어만도 못하게 됐나? 사용하지 않으면 녹스는 건 체력보다 머리가 더 심한가 보네."

리키는 혼잣말을 중얼거리며 의자에 등을 기댄 채 커다랗게 기지개를 켰다.

글을 모르는 펫들을 위해 간소화된 도형과 다양한 색채로 통일된 에오스에서 지낸 3년 동안, 리키에게 주어진 것은 전자책뿐이었다. 물론 그마저도 이례적인 특별 대우였다. 슬럼으로 돌아갔던 1년 반 동안 생활필수품으로 당연히 단말기를 사용했지만 전문적인 지식은 필요하지 않았다. 그 대가를 지금 치르는 듯한 기분이었다.

에오스를 나온 경위에 대해서는 나름대로 짚이는 구석도 있었으나 사육당하는 우리가 에오스에서 아파티아로 바뀐 것뿐이라고 생각했다. 밑져야 본전이라는 생각에 아무 말이나 지껄인 것은 아니지만 설마 정말로 블랙마켓에서 일하게 해주리라고는 생각지도 못했다.

'설마 이것도 환각… 은 아니겠지.'

그 무렵에는 그저 아무 생각 없이 모든 지식을 흡수하는 것만 생각하면 그만이었지만 지금 리키의 목에는 보이지 않는 사슬이 채워져 있다.

5년의 공백은 크다. 마음과 머리를 재정비하고 녹슨 감을 되돌리기 위한 재활은 결코 쉽지 않다.

눈에 보이는 결과를 내지 않으면 보이지 않는 사슬이 당겨질 것이다.

어디로?

폐쇄된 우리 안으로.

그것만은 절대 피하고 싶다.

이아손의 진의가 뭔지는 모르겠지만 일단 눈앞의 문은 열렸다. 하지만 그 정도로 만족하는 것은 아니다.

쓸모없는 장기말은 걸리적거리고 방해만 될 뿐이다. 지나치게 유능한 지휘관, 즉 카체에게 인정받지 못하면 아무 의미도 없다. 만약 그러지 못하면.

'먹고'

'안기고'

'자는'

에오스와 똑같은 음란한 펫 생활로 또다시 돌아가게 될 것이다. 기회는 한 번뿐. 다음은 없다. 그것만은 틀림없는 사실이다.

그렇다면 안일하게 지낼 수는 없다.

리키는 마음을 다잡고 또다시 단말기를 향했다. 자신의 존재의 미를 걸고 키보드와 격투할 각오로.

그때 문득 도어폰이 울렸다.

흘낏 등 뒤를 바라본 리키는 그 소리를 무시하기로 마음먹었다.

그러나 도어폰은 멈추지 않고 울려 퍼졌다.

"…시끄러워."

작게 중얼거리면서도 손을 멈추지 않았다.

도어폰은 끈질기게 울려 퍼졌다.

'시끄럽다니까. 당장 직접 열고 들어와.'

아파티아로 옮겨온 후에도 '펫의 상식'을 모조리 박살내는 리키의 기본적인 성격은 달라지지 않았다. 주인이 돌아와도 직접 맞이하는 경우는 거의 없었다.

에오스에서 모든 방을 관리하던 퍼니처는 없다.

도어폰을 울리면 곧 퍼니처가 문을 열고 맞이하는 것이 상식. 에오스에서는 그게 기본적인 일상이었지만 이곳은 다르다. 그 현실을 실감하고 통감하지 않을 수 없었던 것은 어쩌면 리키보다 이아손 쪽일지도 모른다.

직접 잠금을 해제하고 방으로 들어오는 것. 에오스 이외의 장소에서는 그게 일상적인 상식이기 때문에 익숙하지 않아도 당황할 정도는 아니지만 역시 오랜 습관이란 우습게 볼 수 없는 모양이다.

그래서일까. 아파티아에서 이아손은 돌아왔다는 표시로 도어폰을 울리긴 해도 굳이 끈질기게 울리진 않는다.

이아손이 아파티아를 찾아오는 시간은 정해져 있지 않다. 사전에 연락도 하지 않는다.

리키에게 에오스의 퍼니처 수준의 예의 따위를 기대해봤자 소용없다고 포기한 걸까, 아니면 쓸데없는 노력에 허비할 시간이 아까운 걸까, 그는 보통 스스로 문을 열고 들어오곤 했다.

그런데.

어째서인지.

오늘 밤은 달랐다.

도어폰이 계속해서 멈추지 않고 울려 퍼졌다.

"…쳇."

리키는 한껏 혀를 차며 일어섰다. 자신의 방에서 나와 거실로 걸어가서 시큐리티 단말로 문의 잠금을 해제했다.

곧장 자신의 방으로 돌아가지 않고 현관으로 발걸음을 향한 것은 딱히 이아손을 마중하기 위해서가 아니었다. 집중력을 산산조각 내듯 시끄럽게 도어폰을 울린 것에 불평 한마디라도 해야 직성이 풀리기 때문이었다.

잠금이 해제되고 문이 미끄러지듯 열렸다.

순간.

리키는 그대로 굳어버렸다.

그곳에 서 있는 이는 이아손이 아니었다. 이곳에 있을 리 없는, 아니, 절대 있어서는 안 되는 '바이슨'의 멤버들이었다. 리키는 망연자실해져 아무 말도 할 수 없었다.

'…말도, 안 돼…. 어째… 서?'

한순간 터무니없는 환각이라도 보는 듯한 기분이 들었다. 아랫배가 싸늘하게 경련했다.

"왜 그래, 리키. 얼굴이 얼어붙었네."

날카롭게 추궁하듯 리키를 응시하는 가이의 어깨너머로 루크가 몸을 내밀며 씨익 웃었다.

순간 옆구리가 찌르르 경련했다.

환각이 아닌 현실.

단순한 해프닝도 뜻밖의 서프라이즈도 아닌, 예상치 못한 엄청난 사고.

그것은 단순한 예감이 아닌 확신이 되어 리키의 신경을 건드렸다.

타나그라의 블론디의 사고회로에는 아직도 이해하기 어려운 점이 있긴 하지만 이아손은 결코 변덕스럽게 말하거나 행동하지 않는다. 누구보다 그걸 잘 알고 있으면서 이런 실수를 하다니.

아파티아에서 이 방의 도어폰을 울릴 사람은 이아손밖에 없다는 굳은 믿음.

평상시와 다른 상황에 대비하는 위기의식 결여. 문제는 그것이었다.

문밖에 있는 사람이 이아손이라고 굳게 믿고 시큐리티 카메라로 확인하지 않았던 것이 후회돼서 견딜 수 없었다.

들어가도 돼?

멤버들은 그렇게 묻지도 않고 창백해진 리키가 동요하는 틈을 타서 성큼성큼 안으로 들어왔다.

실책이었다.

흠칫 정신을 차린 순간 문이 닫혔다.

그 순간 실내의 밀도가 농축된 듯한 기분이 들었다. 거센 후회가 리키를 덮쳤다.

"돌아가."

리키는 딱딱한 목소리로 멤버들을 막았다.

더 이상 실책을 거듭할 수는 없다. 자신을 위해서라기보다는 오히려 멤버들을 위해서였다.

"할 얘기가 있어."

가이의 목소리는 리키의 목소리보다 더욱 딱딱했다.

"그럼 내일… 내가 그쪽으로 갈게."

확실하게 약속을 잡기 위해서는 앞서 해결해야 하는 조건이 너무나도 많고 어려웠지만 그들이 이대로 이곳에 눌러앉는 것보다는 백만 배 나았다.

시드가 노골적으로 눈살을 찌푸렸다.

"우리 딱히 공갈 협박하러 온 게 아니거든, 리키. 문전박대할 것까진 없잖아."

"그런 게 아니야."

리키는 단호하게 대답했다.

"나한테 사정이 있어서 그래."

목소리 톤이 살짝 낮아졌다.

"호오, 그러서. 순순히 문을 열어준다 했더니 그런 거였냐. 하긴 큰일이겠네. 패트런과 딱 마주치기라도 하면."

리키는 밉살맞게 빈정대는 루크를 무시했다.

"내일 오후 1시에 켈리의 아지트로 갈게. 그러니까 오늘은 이만 돌아가 줘."

그 상태로 시선을 피하지 않고 목소리에 힘을 줬다.

순간 가이의 시선이 날카로워졌다.

"리키. 중요한 얘기가 있어서 온 거야."

"우린 별로 상관없어. 네 패트런이 오든 말든."

"옳소, 옳소. 친구가 신세를 지고 있는데 인사 정도는 한마디 해야 되지 않겠냐?"

노리스까지 빈정거리기 시작했다.

"이런 곳에서 입씨름을 해봤자 곤란한 건 너 아냐?"

결정타를 날리듯 루크가 비아냥거렸다.

"내일 만나러 가겠다고 했잖아. 그러니까 오늘은 그만 돌아가!"

결국 언성을 높이고 말았다.

리키와 멤버들 사이에 한순간 험악한 침묵이 감돌았다.

날카로운 시선만 맞부딪힐 뿐 아무도 움직이지 않았다.

그때.

아슬아슬한 침묵을 깨뜨리듯 도어폰이 가볍게 울리고 문의 잠금이 해제되는 소리와 함께 등 뒤의 문이 열렸다.

모두의 시선이 일제히 문에 집중됐다.

그 순간 반응은 완전히 세 종류로 나뉘었다.

감탄하며 멍하니 입을 벌리는 자.

경악하며 뚫어지게 쳐다보는 자.

그리고 창백한 얼굴로 부들부들 떠는 자.

그곳에 서 있는 것은 놀랄 만큼 균형 잡힌 장신의 남자였다.

어깨까지 닿는 청보라색 머리카락과 얼굴의 반을 가리는 차광 글라스. 부드러운 광택이 감도는 로브는 몹시 격조 높고 클래식해서 도무지 가격을 예상할 수 없는 슬럼의 잡종조차 한눈에 고가임을 알 수 있었다.

이 녀석이… 리키의 패트런?

입 밖에 내지는 않았지만 멤버들의 경악은 얼굴에 고스란히 드러나 있었다.

패트런과 마주쳐도 상관없다. 그렇게 큰소리쳤지만 설마 '이런 남자'일 줄은 생각지도 못했다. 그게 솔직한 심정이었다.

리키를 아파티아에 들여놓을 정도의 특권계급 남자. '여자'일지도 모른다는 생각은 애초에 하지 않는 것이 슬럼의 상식이다.

그러나 멤버들의 머릿속에는 '패트런을 쥐고 흔드는 리키'라는 구도는 있어도 그 반대는 없었다.

어떤 경위로 그런 관계가 됐는지 그건 알 수 없다. 여기는 미다스. 색욕으로 똘똘 뭉친 특권계급 따윈 보나 마나 뻔하다. 그렇게 굳게 믿고 있었다.

그러나 남자를 본 순간 비로소 멤버들은 위화감을 느꼈다.

서 있는 것만으로도 고압적인 위엄을 풍기는 남자.

'정체가 뭐지?'

반쯤 무의식적으로 각각 꿀꺽 마른침을 삼켰다.

그러나 그건 그거고 이건 이거다. 단단히 결심하고 아파티아에 쳐들어온 멤버들의 배짱은 나름대로 두둑했다.

"호오…. 진귀한 손님이로군."

여유로운 어조였지만 리키는 그 목소리에 담긴 위험한 기색을 한눈에 알 수 있었다. 타나그라의 정복이 아닌 사복을 입고 있었지만 이아손에게서 풍기는 분위기는 변함이 없었다.

『내 곁으로 돌아올 때에는 슬럼의 때를 깨끗하게 씻어내고 와라. 뒤탈이 나지 않게 깨끗이.』

이아손이 리키에게 엄명한 것은 그뿐이었다. 그밖에는 아무것도 없었다.

그래서 더더욱 무서웠다.

그 명령의 대가는 가이를 무사히 슬럼으로 돌려보내 주는 것이었기 때문이다.

한편 부드럽고 힘 있는 남자의 독특한 목소리가 문득 가이의 기억 한구석을 자극했다.

'이 목소리… 어디선가….'

집어삼킬 듯이 뚫어지게 쳐다봐도 선글라스에 가려서 얼굴조차 알 수 없었다.

그러나 평범한 자가 아니라는 점만은 알 수 있었다.

이아손이 안으로 들어와서 문을 닫았다.

동시에 리키는 멤버들을 헤치고 등 뒤로 감싸듯 앞으로 나섰다.

"이 녀석들은 곧 돌려보낼 거야."

이아손이 당장이라도 시큐리티 가드에게 통보하는 건 아닐까, 리키는 조마조마해서 견딜 수 없었다.

그의 등 뒤에서 블론디의 무서움을 모르는 멤버들은 노골적으로 울컥한 표정을 지었다.

"패트런에게도 예뻐하는 정부의 본성 정도는 알 권리가 있지 않을까?"

"혹시 일급비밀이냐?"

"이제 와서 폼 잡아봤자 소용없어, 리키."

이아손은 거칠게 쏟아지는 빈정거림을 무시했다.

"여긴 시큐리티도 엄중할 텐데… 대체 어떻게 들어왔는지 얘기를 들어볼까."

이어서 가이를 향해 냉랭하게 물었다.

선글라스 너머 보이지 않는 그 시선을 정면으로 응시하며 가이는 보란 듯이 재킷 주머니에서 위조 ID키와 해킹용 휴대단말을 꺼냈다.

여기서 잡아떼서 적당히 넘어갈 만큼 상대는 호락호락하지 않다. 가이는 그 사실을 피부로 생생하게 느꼈다.

"슬럼의 잡종 주제에 제법이군."

찬사와는 거리가 먼 담담한 어조였다.

오히려 이아손의 입에서 확실하게 '슬럼의 잡종'이라는 말이 흘러나온 순간 멤버들은 경악했다. 그가 리키의 본성은 물론 자신들의 정체까지 속속들이 알고 있다는 사실을 깨달았기 때문이었다.

이 녀석… 대체 누구지?

조금 전과는 다른 의미로 두려움이 밀려왔다.

리키를 정부로 삼고 있는 특이한 남자. 지금 남자를 보며 느껴지는 위화감과 함께 그들의 머릿속에 새겨진 이미지가 단숨에 무너져 내렸다.

리키가 슬럼의 잡종이라는 사실을 폭로할 것이냐 말 것이냐. 그 결정권은 자신들에게 있다고 생각했다.

최후의 카드를 쥐고 있는 것은 자신들이라고 생각했다. 그 카드를 언제 어떻게 내놓을지 결정하는 것도 자신들에게 달려있다고 믿었다. 그 생각이 단순한 착각에 지나지 않았다는 사실을 깨닫고 그들은 새파랗게 질렸다.

그리고 리키는 가이가 갖고 있는 것을 보고 어금니를 으드득 깨물었다.

그런 물건을 갖고 있는 게 들키면 불법 침입을 인정한 것이나

마찬가지다. 이래서는 최악의 경우 리키가 멤버들을 이 집에 끌어들였다는 구차한 변명도 통하지 않는다.

리키와 가이, 그리고 멤버들은 '타나그라의 블론디'에 대한 인식부터 다르다. 멤버들에게는 특권 계급의 상징일 뿐이지만 리키는 다르다.

어떤 의미로 블론디의 위광에 납작 엎드리기는 해도 위기의식이라는 관념조차 없을 멤버들과 이아손의 냉혹함이 뼛속깊이 새겨진 리키 사이에는 도저히 메울 수 없는 간극이 있었다.

게다가 지금 이아손은 블론디의 모습조차 아니다.

그에 비해 이아손은 일단 리키가 멤버들을 고의로 끌어들인 게 아니라는 사실을 알고 우아하게 로브를 벗었다.

"그럼 일단 불청객들의 변명을 들어볼까."

그리고 멤버들에게 안으로 들어오라는 듯이 가볍게 턱짓을 했다.

불청객….

그 말에 담긴 의미에 리키가 꿀꺽 마른침을 삼킴과 거의 동시에 루크가 낮게 휘파람을 불었다.

"그럼 잠깐 실례할까."

어색하게 멈춰있던 시간이 단숨에 움직였다. 각자 저마다의 생각을 가슴에 품고….

슬럼의 잡종이라는 사실을 들킨 이상 이제 와서 허세를 부려봤자 소용없다. 슬럼의 잡종이라는 걸 알면서도 아파티아에 리키를 들여놓을 만큼 특이한 인간은 사고회로도 평범하지 않을 것이다.

그렇다면 그냥 배짱으로 밀고 나가는 게 최고다. 루크의 생각은 멤버들 모두의 심정이기도 했다.

루크, 노리스 그리고 가이. 멤버들은 차례차례 거침없이 거실로 걸어갔다.

"우와… 굉장하다."

"후아아…."

"세상에 이런 세계도 있구나…."

슬럼의 컴파트먼트와는 비교도 되지 않는 호화로운 실내에 멤버들은 눈을 크게 뜨고 사방을 구석구석 둘러보며 한숨을 쉬었다. 선망과 질투, 그리고 노골적인 빈정거림을 담아서.

멤버들 입장에서는 한마디 상의도 없이 별안간 슬럼에서 실종된 리키가 패트런과 함께 이런 호화로운 집에서 생활하고 있다는 사실을 도저히 받아들이기 힘들었다.

이 집에 올 때까지는 마음속에서 아직 반신반의하고 있었지만 눈앞의 현실이 너무나도 예상과 동떨어진 별세계라서 감정이 이성을 따라잡지 못했다.

'왜?'

'어째서?'

'이렇게 된 거지?'

마지막의 마지막에 리키에게 배신당한 기분이 들었다.

다만 가이만이 아까부터 묵묵히 입을 다물고 있었다.

이아손이 선글라스를 벗고 맨얼굴을 드러냈다.

순간.

멤버들은 일제히 눈을 크게 떴다. 한 점의 결점도 없는 압도적인 미모에 넋을 잃어버린 것처럼.

그리고 단 한 사람, 가이만이 꿀꺽 마른침을 삼켰다.

기억 속의 '점'과 '선'이 이어진 순간, 아랫배가 기묘하게 뒤틀렸다.

더욱 천천히, 마치 뭔가 스위치를 누르는 것처럼 이아손이 눈을 깜빡거렸다.

순간 어깨까지 닿는 청보라색 머리카락이 단숨에 허리까지 길어지며 호화로운 금발로 바뀌었다.

믿을 수 없는 충격적인 광경을 눈앞에서 목격한 멤버들은 그저 경악하며 멍하니 아무 말도 하지 못했다.

리키에겐 이제 완전히 익숙해진 광경이었지만 처음 아파티아에서 생활하기 시작할 무렵에는 리키 역시 깜짝 놀라서 멍하니 입을 벌렸었다.

눈을 깜빡이는 것 하나로 머리카락 색깔과 길이를 자유자재로 조정할 수 있다니. 눈앞에서 그 모습을 본 순간 그저 멍한 얼굴로 물끄러미 응시할 수밖에 없었다.

설마 블론디의 머리카락에 그런 비밀이… 아니, 편리한 옵션이 있을 줄은 생각도 못 했다.

과거 블랙마켓 지하 컨테이너 창고에서 우연히 이아손을 발견했을 때. 리키는 이아손이 정체를 숨기기 위해 갈색 가발을 쓰고 있다고 생각했다. 설마 이런 장치가 숨겨져 있을 줄은 상상조차 못 했다.

긴 금발. 그것은 타나그라의 최고 권력자 블론디의 상징이자 프라이드의 상징이기도 하다. 13명의 블론디 중에서 그런 기능을 아무렇지도 않게 사용하는 사람은 분명 이아손뿐이리라.

평소의 이아손을 보면 인공체라는 사실을 조금도 느낄 수 없다.

우아하다고밖에 표현할 수 없는 몸짓. 깊고 차분한 목소리. 무엇보다도 그 눈빛.

타나그라의 엘리트의 두 눈이 초정밀 의안이며 성대조차 만들어진 것임은 틀림없는 사실이다. 하지만 블론디와 다른 엘리트의 차이는 너무나도 컸다.

격차라는 절대적인 계급 제도.

특화된 살아 있는 뇌를 제외하고는 모두 인공체. 그런데도 이아손의 존재감 자체가 그 몸이 인공체라는 사실을 배신하곤 했다.

자신들의 눈앞에 서 있는 사람이 타나그라의 블론디라는 사실을 깨달은 순간, 멤버들은 그대로 얼어붙었다. 이게 대체 어떻게 된 거지? 라고 말하듯이.

그중 한 사람, 가이만이 부글부글 끓어오르고 있었다.

지독한 배신이다.

— 누구의?

부조리한 블랙 조크다.

— 무엇을 위한?

눈앞에 들이닥친 현실을 받아들이고 싶지 않아서 눈앞이, 사고 회로가 타들어갔다.

"이건 공정하지 않아. 안 그래?"

가이는 시커멓게 끓어오르는 목소리로 내뱉으며 물끄러미 이아손을 노려보았다.

그러나 이아손은 조금도 개의치 않았다.

타나그라의 블론디와 슬럼의 잡종을 대등하게 취급하는 그 말에 이아손은 입가에 냉소를 지었다.

그것이 더더욱 가이의 신경을 건드렸다.

그때… 키리에의 책략에 넘어가서 방 안에 이아손과 단둘이 남겨졌을 때, 그때도 그는 이런 냉소를 지었다. 그런데 지난번과 지금은 그 의미도 모멸감도 하늘과 땅 차이였다.

"적어도 내게는 알 권리가 있는 것 같습니다만? 타나그라의 블론디가 왜, 어째서 이런 곳에 리키를 숨겨두고 있는지."

입안으로 흘러넘치는 씁쓸한 액체를 억지로 삼켜도 말 구석구석에 고이는 독기는 미처 다 씹어 삼킬 수 없었다.

"그래서 자존심에 상처를 받기라도 했나?"

그 노골적인 조롱에 가이는 꾸욱 주먹을 움켜쥐었다.

'아니야.'

즉각 대답하지 못하는 자신이 너무나 한심했다.

모두 꿰뚫어 보고 있다. 그렇게 생각하니 머릿속이 욱신거렸다.

리키는 그런 가이의 팔을 움켜잡았다.

"가이, 그만둬."

그렇게 거듭 그를 막았다.

'안 돼. 도발에 넘어가지 마.'

눈으로 그렇게 호소했다. 결코 이길 수 없는 상대에게 이를 드러내는 것이 얼마나 무모한 짓인지, 리키는 몸서리쳐질 만큼 잘 알고 있었다.

불리한 정도가 아니다.

블론디와 잡종은 이미 사고회로의 차원마저 다르다.

그러나 가이는 흘낏 쳐다볼 뿐 곧 리키의 손을 뿌리쳤다.

"나도 나름대로 계속 신경 쓰였습니다. 그 보름간의 연금 생활은 대체 뭐였을까."

가이가 느닷없이 영문을 알 수 없는 말을 꺼낸 순간 멤버들은 당황했다.

이곳에 온 목적은 어디까지나 '리키'였는데 그 패트런인 듯한 블론디와 마주친 순간 그들의 계획에는 확연한 균열이 생겼다.

'대체 뭐지?'

'뭐가 어떻게 된 거야?'

'뭐가 뭔지 하나도 모르겠네.'

눈으로, 입 모양으로, 멤버들은 서로의 안색을 살폈다.

"당신은 나를 펫으로 삼고 싶다고 했습니다. 그래서 키리에가 요구한 1만 카리오라는 큰돈을 지불했죠. 아닙니까?"

갑작스러운 폭탄 발언에 멤버들은 더욱 말을 잃었다.

'설마….'

'농담이지?'

'웃기지도 않는군.'

눈을 크게 뜨고.

마른침을 삼키며.

한쪽 뺨을 일그러뜨렸다.

"그런데 왜… 어째서 리키와 이렇게 된 겁니까?"

그렇다…. 그게 제일 알고 싶었다. 타나그라의 블론디와 리키의 관계를.

그 답을 알고 싶어서 멤버들은 어색하게 리키를 바라보았다.

그러나 리키는 살벌한 표정으로 이아손과 가이를 응시하고 있을 뿐이었다.

가이의 폭탄 발언은 멤버들에게 그야말로 아닌 밤중의 날벼락, 그야말로 경악스러운 사실이었지만. 아무래도 리키는 그렇지 않은 것 같았다. 그 사실에 멤버들은 새로운 충격을 받았다.

리키뿐만 아니라 가이에게도 자신들이 모르는 비밀이 있었다. 지금 그 사실을 깨닫고.

'진짜냐?'

'어째서?'

'이런 게 어딨어.'

세 사람은 각각 혼란과 의문에 빠졌다.

뭐가 어떻게 돌아가는지 알 수 없는 불안과 불신을 담아 멤버들은 숨을 삼킨 채 상황을 지켜보았다. 아니, 이젠 지켜볼 수밖에 없었다.

그리고 멤버들이 모르는 비밀과 속사정을 산더미처럼 안고 있는 리키는 이아손과 가이 사이에서 팽팽하게 고조되는 위험한 기운을 느꼈다. 긴장감에 혀가 경련하고 고동도 불규칙적으로 뒤틀렸다.

"아무나 상관없었던 게 아니야. 리키를 확실하게 손에 넣기 위한 미끼는 너여야만 했기 때문이다."

"미끼?"

"그래. 리키의 페어링 파트너인 너."

비밀의 베일을 억지로 뜯어내는 아픔을 견딜 수가 없었다.

"이아손!"

리키는 외쳤다.

그때 처음으로 가이는 눈앞에 서 있는 블론디의 이름이 '이아손'이라는 사실을 알았다.

연금 상태였던 보름 동안, 이아손은 처음부터 끝까지 이름을 밝히지 않았다. 가이를 함정에 빠뜨린 키리에조차 그를 '블론디'라고 불렀다.

아마 키리에도 몰랐을 것이다. 아니면 큰돈을 손에 넣을 수만 있다면 그런 사소한 일은 아무래도 상관없었거나….

이아손에게 자신들은 하찮은 잡종일 뿐, 이름을 밝힐 가치조차 없는 존재라는 사실을 새삼 깨달았다.

하지만 리키는 다르다.

이아손을 바라보는 리키의 시선은 강렬했다. 그것은 지금껏 가이가 한 번도 본 적 없는 아픔을 품은 눈빛이었다.

"내가 키리에에게서 1만 카리오를 주고 너를 샀다는 걸 안 리키는 잔뜩 흥분해서 내게 따지러왔지. 너한테 이상한 짓을 하면 용서하지 않겠다고. 슬럼의 잡종 주제에 블론디를 상대로 분수도 모르는 말이라고 생각하지 않나?"

그게 무슨 뜻이지?

가이는 강렬한 눈빛으로 리키를 돌아보았다.

그 시선이 마치 눈 안쪽까지 꿰뚫는 듯한 기분이 들어서 리키는 입가를 살짝 일그러뜨렸다.

…안 돼.

…그만둬.

…말하지 마.

허무한 바람을 담아 리키는 입술을 깨물었다.

"나는 아무 대가 없이 너를 슬럼에 돌려보낸 게 아니야. 키리에게 지불한 돈은 리키가 대신 갚았다."

살갗에 폭발하는 듯한 시선이 꽂혔다.

최악이었다.

그러나 이것이 아직 가장 끔찍한 시나리오의 서막에 불과하다는 사실을 리키는 알고 있었다.

그래서 침묵했다. 이아손이 다음으로 내뱉을 말이 가져올 충격을 예감하며.

"너를 무사히 슬럼으로 돌려보내기 위한 조건은 두 가지였다. 리키가 나의 소유물이 되는 것, 그리고 슬럼과 완전히 결별하는 것."

그렇게 말하며 이아손은 멤버들을 냉랭하게 바라보았다.

"솔직히 말하면 너희들이 무엇 때문에 이곳에 왔는지 나는 별 관심이 없다. 이건 리키에게도 예측하지 못한 사태였다는 것도 알 겠다. 허락도 없이 이 집에 쳐들어온 것도 이번만은 특별히 불문에 부쳐주지. 그러니까 당장 꺼져라. 내 마음이 변하기 전에."

목소리는 어디까지나 부드러웠으나 그 말에 담겨있는 것은 결코 '싫다'고 할 수 없는 위압감. 그리고 그 눈빛은 냉혹하기 그지없었다.

멤버들은 목구멍을 꿈틀거리며 얼어붙은 숨을 삼켰다. 타나그라의 블론디가 내뿜는 위광에 가랑이가 욱신거릴 만큼 온몸이 위축됐다.

그래도 가이는 마지막까지 시선을 떨구지 않았다. 잡종에게는 잡종의 의지와 프라이드가 있다. 그 최소한의 고집이 종이 한 장 차이로 공포를 이겼다.

"당신에게… 그럴 권리는 없어."

이아손은 한쪽 뺨을 일그러뜨리며 냉소했다.

"리키는 나의 펫이다. 나는 주인으로서 당연한 권리를 주장하고 있는 것뿐이다만?"

펫이란 어마어마한 금액으로 살 수 있는 장난감이다.

매일 맛있는 음식을 먹고, 거품 목욕으로 피부를 가꾸고, 평생 아무 부족함 없이 즐겁게 살 수 있다. 슬럼에서 '펫'에 대한 인식은 그 정도였다.

돈과 시간이 남아도는 특권 계급을 위해 만들어진 인종. 즉 무서울 정도로 값비싼, 살아 있는 장난감이다.

폐쇄감으로 가득 찬 슬럼의 잡종에게 '펫'이라는 존재는 그저 공상 속의 존재였다.

상상만 할 뿐 현실감이 없는 생물.

그래서 키리에가 수상한 '펫 이야기'를 꺼냈을 때에도 가이는 그저 코웃음만 쳤다.

하물며 멤버들에게 리키는 누구보다도 그 단어와 거리가 먼 존재였다.

리키가 아파티아에 살고 있는 장면을 목격한 후에도 멤버들의 인식은 어디까지나 '돈줄이 되어줄 패트런을 지닌 정부'였다. 가이의 입에서 '펫'이라는 말이 나왔을 때도 너무 놀라서 머릿속이 멍해지긴 했지만 현실감은 희박했다. 그러나 블론디인 이아손의 입에서 그 말이 나온 것만으로도 묵직한 현실감이 느껴졌다.

동성과의 자유로운 섹스는 슬럼의 상식. 따라서 리키가 누구와 육체관계를 맺건 혐오감은 없다. 그저 상대가 블론디라는 사실이 청천벽력일 뿐.

그러나 이아손은 '정부'가 아닌 '펫'이라고 단언했다. 돈으로 산 음란한 장난감이라고.

"펫에게 주인은 유일무이한 지배자. 명령만 하면 무릎을 꿇고 내 발에 입을 맞추지. 벌거벗고 자위를 하라고 명령하면 눈앞에서 다리를 벌린다. 펫이란 그런 것이다."

"거짓말. 리키가… 그럴 리 없어!"

가이가 눈을 부릅뜨며 외쳤다.

굳이 입에 담지 않았을 뿐, 그것은 멤버들의 공통된 생각이기도 했다.

3년간의 공백을 거쳐 확실히 리키는 변했다.

그러나 초라한 실패자라고 조롱당하면서도 리키는 '지크스'를 괴멸시킴으로써 자신이 '바이슨의 리키'라는 사실을 증명했다.

리키는 변하지 않는다.

리키는 리키다.

그러니까 리키는 그런 짓을 하지 않는다.

상대가 누구라도, 설령 그런 명령을 한 자가 타나그라의 블론디라 해도 리키만은 불합리한 명령에 결코 굴복하지 않는다.

그런 멤버들의 분개를 일축하듯 이아손의 입매가 살짝 휘었다.

"그렇다면 그 눈으로 직접 확인해보도록. 이리 와라, 리키."

담담한 어조 뒤에 절대 권력자의 위엄을 담아 이아손이 명령했다.

꿀꺽 마른침을 삼키며 리키는 그 자리에 얼어붙었다.

"이제 와서 허세를 부려봤자 소용없을 텐데?"

노골적인 야유와는 거리가 먼, 그렇기에 더더욱 신랄한 말.

그 말이 맞다.

자신이 거기까지 타락했다고 인정해버리면 그걸로 모든 게 매듭지어진다. 과거 '바이슨의 리키'라고 불렸던 긍지도 의지도, 모든 걸 잃게 된다.

'여기 있는 건 너희들이 알고 있는 내가 아니야.'

그걸 보여주면 모든 게 끝난다.

아마도.

…틀림없이.

알고 있다. 이건 반드시 스스로 찍어야만 하는 마침표라는 것을.

그러나.

리키는 도저히 그 한 걸음을 내디딜 수 없었다.

부들부들, 두 다리의 근육이 팽팽하게 긴장됐다.

심장이 아플 만큼 세차게 뛰었다.

이렇게 꼴사납게 서 있는 나를 이아손은 용서하지 않겠지. 그렇게 생각하니 발끝까지 차갑게 저려왔다.

"같은 말을 두 번 되풀이하게 만들지 말라고 했을 텐데?"

목소리에 한층 더 냉혹함이 감돌았다.

그러나 잡아먹을 듯이 쳐다보는 멤버들의 시선을 받으며 리키는 그 자리에서 움직일 수 없었다.

침묵만이 무겁게 내려앉았다.

공기도 시간도 얼어붙은 듯한 기분이 들었다.

그 순간이었다.

"윽!"

리키는 목을 떨며 그 자리에 무너졌다.

"…크… 윽… 으윽…"

머리카락을 흐트러뜨리며, 몸을 뒤틀며 리키는 신음했다.

대체 무슨 일이 일어난 것일까. 영문도 모른 채 멍하니 응시하는 멤버들의 눈앞에서 리키는 격통에 몸부림쳤다.

"뭐… 야, 리키. 왜 그래, 리키!"

가이가 안색을 바꾸며 달려왔다.

안아서 일으켜 주려는 가이의 손을 거절하듯 리키는 움찔움찔 작게 고개를 젖혔다.

"크윽… 우우웃…."

경련하며 뒤틀리고 핏기를 잃어버린 입술에서 끊어질 듯 떨리는 신음이 흘러나왔다.

"…으윽! 그… 만해…. 흐윽…! …이제… 그만…."

다리 사이를 힘껏 움켜잡고 눈물로 엉망진창이 된 얼굴을 융단에 비비며 리키는 정신없이 애원했다.

"쓸데없는 고집을 부리니까 그렇게 되는 거다."

이아손은 냉혹하게 말하며 손가락의 반지를 만졌다.

몸의 중심을 괴롭히던 격통이 순식간에 사라졌다. 그러나 뇌를 찌르는 듯한 욱신거리는 전류는 사라지지 않았다. 리키의 몸은 여전히 뒤틀리고 일그러진 채였다.

"이리 와라, 리키."

이아손이 부드러운 목소리로 또다시 명령했다.

힘겹게 거친 숨을 몰아쉬며 리키는 뻣뻣하게 몸을 움직였다.

에오스에서 두 번째 데뷔 파티라는 명목으로 구경거리가 됐을 때는 특별주문품 펫 링의 효용을 선보인다는 웃기지도 않는 '놀이'에 억지로 놀아나서 몸도 마음도 기진맥진해지고 말았다.

지칠 대로 지친 몸을 또다시 섹스로 혹사당해서 어느 순간부터는 기억마저 날아가 버렸다.

다음 날에는 온몸의 마디마디가 삐걱거릴 만큼 심한 피로감으로 반나절 동안 침대에 늘어져 있었다. 그저 '그뿐'이었다.

하지만 오늘은 다르다.

이아손은 진심으로 분노하고 있었다.

불합리한 몸의 아픔보다도 마음이 삐걱거렸다.

자칫하면 맥없이 무너져 내릴 것 같은 팔다리를 필사적으로 움직여 리키는 비틀비틀 이아손의 발밑으로 기어갔다.

대체 뭐가 어떻게 된 건지 영문도 모른 채 충격으로 목소리마저 얼어붙은 것처럼 말없이 응시하는 멤버들 앞을 뻣뻣하게, 비틀거리며 기어갔다.

거친 숨을 애써 삼킬 때마다 다리 사이가 찌르는 듯이 욱신거렸다.

팔이, 다리가, 꼴사납게 떨렸다. 조금이라도 정신을 놓으면 그대로 힘없이 쓰러질 것만 같았다.

애써 억눌러도 목구멍에서 신음소리가 흘러나왔다. 그것이 아직도 욱신거리는 아픔의 여운 때문인지, 아니면 멤버들의 시선을 견디기 힘겨워서인지… 리키도 알 수 없었다.

그래도 리키는 기었다. 이아손의 독에 침식당한 몸과 마음은 무엇보다도 그 두려움을 알고 있었기 때문이다.

이곳에서 가이와 멤버들을 무사히 돌려보내는 것.

그러려면 자신의 모든 것을 드러내야만 끝이 난다.

미리 정해진 연극이 아닌, 물러설 곳 없는 현실. 그것을 몸서리처질 만큼 자각하지 않을 수 없었다.

숨을 헐떡이며 이아손의 발밑에 무릎을 꿇자 이아손은 잘 손질된 부츠를 깊이 고개 숙인 리키의 얼굴에 들이댔다.

"핥아라."

순간 리키의 양어깨가 흠칫 떨렸다.

순종을 나타내는 '키스'가 아니라, 절대복종을 보이기 위해 일부러 '핥아라'하고 명령한 이아손이 증오스러웠다.

그러나 그것은 곧 일그러진 자조로 바뀌었다.

'뭘… 새삼스럽게.'

제대로 끝맺음하지 못하는 바람에 이런 추태를 보이게 된 것이다. 이아손은 그 사실을 보여주는 것뿐이다. 가이와 멤버들이 아닌 리키 자신에게.

리키는 머뭇머뭇 부츠에 입을 맞췄다.

아래에서 위로.

그리고 옆으로.

끈적끈적하게 달라붙는 듯한 시선의 가시가 등에 꽂히는 것을 묵살하고 혀와 입술을 사용하여 잘 손질된 이아손의 부츠가 침으로 범벅이 될 때까지 그저 계속해서 핥았다.

"그만해라."

리키의 추태를 실컷 보여준 후 이아손이 명령했다.

겨우 해방됐을 때에는 혀가 바싹 말라 있었고, 얼얼했으며, 턱의 감각조차 없었다.

"이제 알겠지."

낭랑한 목소리가 팽팽하게 긴장된 침묵을 깨뜨렸다.

그러나 탁하게 응어리진 공기는 흔들림조차 없었다.

"당신, 리키에게 무슨 짓을 한 거야?"

목구멍에 엉겨 붙은 것을 억지로 삼켰을 때처럼 잔뜩 쉰 목소리로 말하며 가이는 이아손을 노려보았다. 그 눈에는 살기와도 같은 감정이 담겨 있었다.

"펫은 주인의 명령에 절대복종해야 하는 법. 뼛속 깊이 새겨질 때까지 그런 식으로 가르친 것뿐이다. 이제 잘 알았겠지. 바이슨의 리키 따위는 이제 어디에도 없다는 사실을. 이건 내 것이다."

결코 언성을 높이지 않고, 그러나 털끝만큼의 부드러움도 보이지 않으며 이아손은 멤버들 한 사람 한 사람을 응시했다.

"…돌아가자."

제일 먼저 입을 연 것은 시드였다.

힘없이 턱으로 문을 가리키며 멤버들을 재촉했다.

하고 싶은 말은 산더미처럼 많았다. 듣고 싶은 얘기는 그 두 배나 많았다. 그러나 그런 모습을 본 후에는 모든 것이 무의미하게 느껴졌다.

노리스는 맥없이 어깨를 떨구었고, 루크는 으드득 이를 갈며 걸음을 옮겼다.

그러나 가이는 꿈쩍도 하지 않았다.

"가이."

시드가 이름을 부르며 그를 재촉했다.

"나는… 리키와 이야기를 하고 싶어."

잔뜩 쉰 목소리에는 씁쓸함과는 또 다른 감정이 배어 있었다.

"그런 걸 시간 낭비라고 하는 거다."

냉랭하게 말하는 이아손을 향해 가이는 눈을 부릅떴다.

"나는 리키와 이야기를 하고 싶은 것뿐이야."

끓어오르는 분노를 억누르면서도 두 눈의 이글거리는 빛은 사라지지 않았다.

"나는 쓸데없는 소동을 좋아하지 않는다. 두들겨 패서 쫓아내기 전에 얌전히 물러가는 게 신상에 좋을 것 같다만?"

창백한 가이의 얼굴이 분노로 일그러졌다.

그 눈이.

그 입이.

억누르기 힘든 격통으로 폭발하기 직전.

"…이아손."

리키가 천천히 고개를 들었다.

"한 시간… 아니, 30분이면 돼. 확실하게 끝낼 테니까 시간을 줘."

이아손이 냉랭하게 리키를 바라보았다.

'할 수 있겠나? 네가?'

그렇게 말하는 듯한 기분이 들었다.

"부탁이야. 우리 둘만 있게 해줘."

"좋아. 30분이다. 리키. 그걸로 확실하게 끝내라."

즉각 되돌아온 그 대답 뒤에는 뚜렷한 협박이 담겨있었다.

'그러지 못하면 어떻게 될지, 알고 있겠지?'

물러설 곳 없는 낭떠러지….

"…그래. 알았어."

단단히 명심하며 고개를 끄덕였다.

깊게 등을 기댄 소파에서 더욱 천천히 일어섰다. 몸에 들러붙는 시선을 태연하게 뿌리치며 이아손은 다른 방으로 걸어갔다.

그 뒷모습이 시야에서 사라진 후 리키는 깊은 한숨을 쉬었다.

밑져야 본전이라는 생각으로 얻어낸 시간은 30분.

무엇부터 어떻게 이야기하면 좋을까… 망설여졌다. 망설이며 리키는 이야기의 실마리를 찾듯이 바싹 마른 입술을 몇 번이나 핥았다.

"나한테 무슨 볼일이었지? 내일까지 기다릴 수 없는 얘기라는 게… 뭐야?"

"그런 건 이제 아무래도 상관없어."

가이가 언성을 높이며 내뱉듯이 말했다.

"뭐하자는 거야, 너. 내가 언제 너한테 1만 카리오를 대신 갚아 달라고 부탁했어?"

분노의 근원은 모두 그곳으로 집약되었다.

지나치게 솔깃한 얘기에는 덤벼들지 않는다. 그게 신조였다.

『행방을 감춘 3년 동안, 리키가 바이슨을 떠나서 뭘 하며 지냈는지… 알고 싶지 않아?』

그럼에도 불구하고 섣불리 키리에의 감언이설에 넘어간 것은 가이의 실수였다.

그러나 자신의 경솔함을 통감하면서도 이가 갈릴 만큼 큰 데미지는 없었다. 오늘 이 순간까지는.

1만 카리오라는 어마어마한 가격으로 이아손에게 팔렸어도 그다지 초조하진 않았다. 실제로 가이에게는 영문을 알 수 없는, 그저 시간과 무료함을 죽이는 연금 상태를 겪은 것이 전부였기 때문이다.

밝혀지지 않았던 속사정은 조금 전 이아손이 폭로했다. 가이는 리키를 펫으로 삼기 위한 '미끼'에 불과했다고.

화가 치밀었다. 모든 것이 화가 났다. 키리에도 가이도 이아손의 손바닥 위에서 놀아난 것뿐이라는 사실이 지독히 아팠다.

게다가 자신이 모르는 곳에서 이아손과 리키는 밀약을 맺었다. 그 사실을 원흉인 이아손의 입을 통해 알게 된 굴욕감.

당사자인데도 모든 일이 자신을 빼고 이루어진 것에 대한 격렬한 분노.

1만 카리오의 대가… 그런 건 진지하게 생각해보지도 않았다.

연금 생활에서 해방된 것에 일단 안심해서 블론디의 속셈이 무엇인지 깊이 알아볼 생각도 하지 않았다.

그런 자신이 너무나도 한심했고 미칠 듯이 화가 났다.

목이 타들어 가고 머릿속이 부글부글 끓어올랐다.

자학적이고 스스로도 제어할 수 없는 분노, 그 분노가 모조리 리키에게 쏟아지는 것을 멈출 수 없었다.

"나만 빼놓고 뒤에서 몰래… 대체 어쩔 셈이야? 응? 그런 모습을 보고도 순순히 돌아갈 수 있을 것 같아?"

분노가 폭주했다.

"너는 자존심도 없어?!"

리키를 비난하는 칼날이 동시에 그 자신을 베었다.

깊게.

몇 번이나.

갈기갈기 난도질했다.

그래도 한번 터져 나온 격류는 멈추지 않았다.

늘 조용하던 가이의 변모. 리키가 그 모습을 보는 것은 이걸로 두 번째였다.

지난번에는 키리에 때문에, 이번에는 이아손 때문에.

그때는 완전히 남의 일로 여겨서 아무 가책 없이 태연하게 잘라 버렸지만 이번에는 다르다.

그래서 최소한 진지해지고자 했다. 자신에게도 옛 동료들에게도. 설령 그래서 어떤 결과를 맞이한다 해도….

"대신 갚은 게 아니야."

"똑같은 거잖아. 아니면 뭐야? 너한테 그 녀석이 시키는 대로 해야 하는 약점이라도 있냐?"

"3년이야, 가이."

"뭐가!"

"슬럼을 떠났다가 돌아올 때까지 3년 동안, 나는… 계속 그 녀석의 펫이었어."

사납게 치뜬 가이의 눈꼬리가 한순간 꿈틀 경련했다.

마찬가지로 말없이 상황을 지켜보던 멤버들도 경악으로 눈을 크게 떴다.

"미다스에서 실수를 저질렀어. 블론디를 상대로 건방진 소리를 지껄인 게 큰 실수였지."

아무리 후회하고 또 후회해도 부족한 어린 날의 치기. 그 무분별함을 이제 와서 한탄해봤자 소용없다.

"저쪽은 단순한 변덕이었지만 타나그라의 엘리트에게 괜한 빚을 지고 싶지 않았어. 그래서 몸으로 갚으려고 했지. 무서운 걸 모르는 어린애였던 거야, 나는. 블론디 상대로 배짱 하나로 적당히 넘어갈 수 있을 거라고 얕잡아 봤지."

폭탄 발언에 이은 폭탄 발언에 이제 경악마저 완전히 마비되었을 텐데도 마지막의 마지막에 튀어나온 리키의 고백이 가장 무거웠다. 가이에게도 멤버들에게도.

"미스트랄 파크에서 1년 만에 재회했을 때 불길한 예감이 들었어. 키리에가 너에게 수상한 펫 얘기를 꺼냈을 때에는 솔직히 가슴이 철렁했지. 펫 따위… 최악의 쓰레기야."

혐오와 자조를 담아 리키는 진심으로 내뱉었다.

에오스라는 폐쇄된 우리 속에서 이아손에게 '교육'이라는 이름의 가차 없는 조교를 받았던 때를 싫어도 떠올리지 않을 수 없었다. 리키의 입술은 저도 모르게 일그러졌다.

"하지만 섣불리 참견했다가는 그 최악의 펫 노릇을 3년이나 계속했다는 사실을 너한테 들킬까 봐 나는… 무서웠어, 가이. 너에게, 너희들에게 경멸당할까 봐. 언젠가 슬럼에서 기어 올라가겠다고 큰소리를 쳐놓고, 그동안 너희들을 멋대로 휘둘렀던 내가 타나그라의 블론디의 장난감이 되다니, 그 사실을… 아무에게도 들키고 싶지 않았어."

애써 담담하게 자신의 치부를 드러냈다.

섣부른 변명도, 거짓말도, 궤변도 필요 없다.

그것이 리키의 어디를 도려내고 무엇을 갈기갈기 난도질한다 해도, 진실을 밝히는 것만이 가이를 납득시킬 수 있는 방법이다. 그렇게 생각했다.

"그런데 키리에 그 바보가 1만 카리오에 널 팔아넘긴 거야."

그뿐만이 아니라 그 밖의 여러 가지를 포함해서 키리에를 떠올리기만 해도 아직까지 이가 갈렸다.

"그렇다고 왜 네가 나 대신 대가를 치르냐고?"

가이의 어조도 조금 누그러들었다.

"아니야. 너는 나를 다시 불러들이기 위해 미끼가 된 것뿐이야."

"내가 너의 페어링 파트너니까?"

눈짓으로 수긍했다.

"돌아와. 그렇게 말했어, 그 녀석이. 1년 동안, 슬럼에서 숨을 돌리게 해준 것일 뿐 펫 등록이 말소된 건 아니라고. 이제 와서 그러는 게 어디 있어. 다시는 펫으로 돌아가고 싶지 않다고 버텼지. 그래서 네가 미끼가 된 거야."

"고작 페어링 파트너일 뿐이야. 그것도 4년 전에. 그런데 어째서."

가이의 입장에서는 자신이 '페어링 파트너'라는 이름의 족쇄나 다름없다고 말하는 것 같아서 도저히 견딜 수가 없었다.

이아손의 속내가 무엇이든 키리에의 함정에 빠진 것은 가이의 책임일 뿐 리키는 관계없다. 그런데 리키가 가이를 위해 그토록 쉽게 자신을 팔아버렸다고 생각하니 미칠 듯이 화가 났다.

1만 카리오를 대신 갚은 게 아니다.

리키는 그렇게 말했지만. 그 결과 이런 비참한 기분을 맛볼 바에야 그대로 연금되어 있었던 편이 나았다. 그래서 어떻게 되든 말이다. 자신의 의지를 무시하고 남이 대신 대가를 치르게 하고 싶지 않았다.

그런 리키는 리키가 아니라고 생각했다. 그렇지만.

"나한테 너는 '고작'이라는 말로 쉽게 버릴 수 있는 존재가 아니야."

리키의 말이 가이를 옭아맸다. 끝없는 사고의 미로 속으로.

"슬럼에서 아무리 나쁜 짓을 해봤자 에오스의 펫보다는 훨씬 나아. 널 그런 꼴로 만들어놓고 밤마다 악몽에 시달릴 바에는 이아손의 발밑에 얌전히 엎드리는 게 훨씬 나아."

"그렇다고 그런 모습을 보고 내가 아무렇지도 않을 것 같아?!"

아니다.

그래서 진실은 폭로해도 변명은 하지 않는다.

"잃고 나서야 비로소 보이는 게 있어. 떨어질 때까지 떨어지고 나서야 이것만은 도저히… 무슨 일이 있어도 절대 양보할 수 없는 선이 있는 거야. 이아손은 그걸 내 코앞에 들이밀었지. 대신 대가를 치른 게 아니야. 나 때문에 너까지 휘말린 것뿐이야. …미안해."

설령 그것이 섣부른 변명으로밖에 들리지 않는다 해도.

"그런… 그런 말 하지 마. 너 언제부터 그런 겁쟁이가 된 거냐? 겨우 3년이잖아!"

"3년? 아니, 3개월이야. 프라이드를 송두리째 빼앗기고 의지도 허세도 모조리 잃어버리기까지 고작 3개월이면 충분했어."

"어째서?"

아무리 리키라도 매일 밤 다릴에게 당했던 행위를 모두 털어놓고 싶지는 않았다… 그래서.

"여기에."

한 손으로 다리 사이를 꽈악 움켜쥐며 리키는 입술을 일그러뜨렸다.

"펫 링이 끼워져 있어."

가이뿐 아니라 멤버들도 무심코 눈을 크게 떴다. 그리고.

"슬럼의 잡종을 조교하기 위한 특별주문품."

조교라는 말에 모두의 안색이 창백해졌다. 멤버들의 뇌리에 조금 전 그 모습이 생생하게 되살아났다.

"일련번호가 붙은 미다스산 펫은 교태는 떨어도 건방진 소리를 지껄이지는 않으니까. 특별주문한 페니스 링이라니 펫의 얼굴에 먹칠을 하는 거나 다름없다더군."

펫 링을 드러내며 자랑하는 것이 에오스의 상식이다. 그중에 유일하게 리키만이 펫 링을 숨기고 있었다.

특별주문한 조교용 링이라는 사실만을 밝혔지만 그 실태는 누구도 알지 못했다. 다시 돌아갈 때까지는.

"봤지? 그렇게 사정없이 조일 때도 있고, 발기한 채로 사정하지 못하게 할 때도 있어."

그것이 섹스를 즐기기 위한 플레이라면 또 몰라도, 에오스에서 지낸 3년 동안 리키에게는 섹스를 거절할 권리 따위 없었다.

"이 링이 내 몸을 조이고 있는 한 나는 그 녀석의 펫이야. 그러니까 다시는 내게 상관하지 마. 키리에의 전철을 밟고 싶지 않으면."

멤버 한 사람 한 사람을 바라보며 리키는 잘 타이르듯 몇 번이
나 되풀이했다.

"타나그라의 블론디는 미다스의 치안 경찰보다 훨씬 잔인한 절
대 권력자라는 걸 머릿속에 새겨둬. 두 번째는 없어. 그걸 잊지
마."

키리에를 들먹인 순간 멤버들의 얼굴은 순식간에 창백해졌다.

길고 무거운 침묵이 이어졌다.

숨 막히는 공기를 떨쳐버리듯 가이가 말없이 일어섰다.

"오늘은 돌아가지. 하지만 납득한 건 아니야. 그 녀석한테 그렇
게 전해줘."

리키는 반사적으로 몸을 일으켰다.

"두 번째는 없다고 했잖아. 전부 부숴버릴 생각이야?!"

가이는 대답도 하지 않고 성큼성큼 걸어갔다.

"가이!"

가이는 뒤도 돌아보지 않았다.

뒤를 쫓듯이 일어서서 리키는 루크의 팔을 움켜잡았다.

루크가 흠칫 리키를 응시했다.

"루크, 부탁이야. 녀석을 두 번 다시 여기 오지 못하게 해줘."

한순간 뭔가를 말하고 싶은 듯이 입술을 달싹거렸지만 결국 루
크는 아무 말 없이 리키의 손을 뿌리쳤다.

허식의 어둠이 발아래 일그러진 그림자를 드리웠다.

화려한 일루미네이션은 앞다투어 밤을 집어삼키고 교태를 부리듯 시야를 가득 메웠다. 오가는 사람들의 목덜미를 끈적끈적하게 핥았다.

그런 미다스의 독을 머금은 빛과 그림자를 쫓아낼 듯한 형상으로 전 바이슨 멤버 네 사람은 묵묵히 걸었다. 밝게 들떠서 걷는 관광객들과는 대조적인 모습으로.

굳게 다문 입술, 한 점을 응시하는 두 눈은 더더욱 험악했다.

그리고 그대로 인파에 삼켜져서 매몰되었다.

5장

해 질 녘 에어리어—2 'FLARE(플레어)'.

여느 때처럼 카체의 사무실이 있는 일렉트로 코티지, 허름한 드
럭 스토어 지하에 틀어박혀서 리키는 업무에 몰두하고 있었다.

아니. 쓸데없는 말을 하지 않고 주어진 일을 실수 없이 해낼 생
각이었지만 아까부터 종종 입력 실수를 되풀이하고 있었다.

"아… 젠장."

리키는 저도 모르게 욕설을 내뱉었다.

"오늘은 그쯤 해둬라. 정신이 다른 곳에 팔려있으면 몇 시간을
해도 소용없다."

옆에서 카체의 가차 없는 지적이 날아왔다.

"나도 알아."

리키는 퉁명스럽게 내뱉으며 반쯤 자포자기한 듯이 단말기 스위
치를 껐다.

"주의력 산만의 원인은 뭐지?"

카체의 은근한 힐문에 리키는 의자에 깊숙이 등을 기댔다.

"가이와 멤버들한테 전부 들켰어."

낮은 목소리에는 견딜 수 없는 괴로움이 담겨 있었다.

'나는 왜 카체한테 이런 넋두리를 늘어놓고 있는 걸까?'

그런 생각이 들지 않는 것도 아니었지만. 어차피 카체에게는 뭐든지 들켜버리기 때문에 이제 와서 새삼스럽기도 하고, 그런 이유로 머릿속을 스치고 지나간 그런 생각을 일부러 묵살했다.

구태여 이유를 들자면 가슴에 가득 쌓인 것들을 버릴 만한 곳을 달리 알지 못하기 때문일지도 모른다.

의자 팔걸이에 턱을 괴고 아무렇게나 늘어뜨린 다리를 꼬는 리키의 미간은 사납게 주름이 새겨져 있었다. 그런 리키를 흘낏 바라보며 카체는 뭐라 말할 수 없는 표정을 지었다.

리키가 먼저 털어놓는 것은 절대 있을 수 없는 일이다. 그러니까 분명 예상치 못한 해프닝이 벌어졌을 것이다.

하지만 언제?

어디서?

최근 리키의 행동은 매우 단조롭고 규칙적이다. 지극히 한정된 영역, 즉 아파티아와 이 사무소를 왕복하는 정도다.

설마… 그렇게 생각하며 카체는 몸 전체를 리키 쪽으로 돌렸다.

"아파티아로 쳐들어오기라도 했나?"

그저 가벼운 농담이었다. 있을 수 없는 일을 농담으로 넘기기 위한 말장난.

"응."

그러나 담담하게 돌아온 대답에 카체는 한순간 깜짝 놀랐다. 뒤이어 그의 입술에서 한숨과도 같은 숨결이 흘러나왔다.

"호오… 역시 바이슨은 우습게 볼 수 없군."

진심이었다.

때때로 관광객들이 소동을 일으키긴 해도 기본적으로 미다스의 치안은 최상급이다.

그러나 그것과 시큐리티는 별개의 문제다.

사생활을 중시하는 고급 주택을 표방하는 아파티아의 시큐리티는 나름대로 엄중하다. 그곳으로 숨어든 게 사실이라면 제법… 이 아니라 나름대로 쓸 만한 머리가 있다는 사실을 증명하는 것이나 마찬가지다.

닐 다트의 지코에게 블랙마켓과 가디언의 관계를 조사해달라고 의뢰한 시점에서 이미 평범한 잡종이라고는 할 수 없다.

가까이 지내다 보면 서로 닮는 것일까.

아니면 유유상종일까.

어차피 '슬럼의 잡종'이라는 족쇄가 있는 한 아무리 능력이 있어도 소용없지만.

적당한 야심과 끊임없는 향상심. 그리고 무너지지 않는 자존심. 이아손의 지시가 있었다지만 리키의 경우 블랙마켓과의 상성도 좋았다.

하지만 아무리 실력주의가 기본이라 해도 카체 역시 스스로 앞장서서 슬럼의 잡종을 스카우트할 생각은 없다.

같은 가디언 출신이라도 슬럼에 물들지 않고 에오스에서 이아손의 퍼니처로 지냈던 카체는 자신이 슬럼의 잡종이라는 의식조차 없었다. 그 사실을 의식한 것은 오히려 블랙마켓에 온 후였다.

미다스 공식 지도에서 영구 말소된 고스트 에어리어의 주민은 그 존재 자체가 금기인 것이다.

지금이야 블랙마켓의 실력자로 인정받고 있지만 출신에 대한 모멸과 편견은 아직도 사라지지 않고 남아있다. 그것은 폐쇄감이 넘치는 케레스의 주민이 스스로를 '슬럼의 잡종'이라고 업신여기는 것보다 수십 배는 심한 차별이었다.

그런데도 리키는 그 존재감으로 모두를 입 다물게 했다. 다른 잡종들도 그와 똑같은 일이 가능하리라고는 생각할 수 없다. 그것이 카체의 솔직한 마음이었다.

"빈정거리는 거야?"

흘낏 카체를 노려보는 눈동자에 짜증이 비쳤다.

"그래서? 딱 마주쳤나?"

리키는 긍정하듯 입술을 깨물었다.

다른 멤버들은 어떨지 몰라도 적어도 가이는 이아손과 만난 적이 있다.

'최악이군.'

마음속으로 혼자 중얼거렸지만 카체는 눈썹 하나 까딱하지 않았다.

"블론디의 위광에 겁을 집어먹고 잽싸게 도망쳤나?"

"그랬으면 이렇게 짜증 나지도 않지."

예상을 배반하는 전개에 카체는 흥미를 느꼈다.

"물론 나도 그런 생각이 안 들었던 건 아니야. 아파티아에서 이아손과 딱 마주친 이상 어설프게 흐지부지 넘어가는 것보다는 차라리 전부 다 털어놓는 게 뒤끝 없고 후련할 거다 싶었지."

"다 털어놨나?"

리키는 쓰디쓴 약을 삼킨 것처럼 얼굴을 찡그렸다.

'한바탕 난리가 났었나 보군.'

그래서 리키와 가이가… 그런 거였나.

'이아손이 용케 허락했군.'

무심코 그런 생각이 들었다. 최근 이아손에게 보편적인 패턴이 들어맞지 않는다는 사실을 떠올리자 묘하게 심사가 뒤틀렸다.

리키의 집에서 뜻하지 않게 마주쳤을 때를 제외하면 카체가 가이에 대해 알고 있는 것은 파일 속 프로필을 통해서뿐이다.

슬럼에서 이름을 떨친 '바이슨'의 넘버2였던 걸 보면 두뇌 회전이 빠르고, 결코 이성적이고 조용하기만 한 남자는 아닐 것이다. 카리스마적인 리키를 철저히 보좌하는 역할이었다면 더더욱 그렇다.

"털어놓고 싶지 않은 수치스러운 과거를 드러내고 내가 이아손의 펫이었다는 것까지 털어놨어…. 그러니까 다시는 나한테 관여하지 말라고. 그런데 가이 녀석…"

으드득 이를 가는 소리가 들려오는 것만 같았다.

리키가 대체 무엇을 염려하는지 카체는 잘 알고 있었다.

어떤 의미에서 아파티아라는 성역까지 쳐들어오고. 그곳에서 한바탕 말썽을 일으켰는데도 바이슨의 멤버들은 무사히 그곳을 떠날 수 있었다. 그게 단순한 행운에 불과하다는 것을 리키는 분명 통감하고 있을 것이다.

그러나 가이와 멤버들의 인식은 전혀 다르다.

그들은 좋건 싫건 '블론디'의 진면목을 모른다. 미끼가 되어 연금당했던 가이조차.

그 메울 수 없는 온도 차이를 리키는 우려하지 않을 수 없을 것이다.

첫 번째는 운 좋게 넘어갔어도 기적은 두 번 다시 일어나지 않는다. 이아손은 분명 발밑의 걸리적거리는 쓰레기를 주저 없이 걷어차 버릴 것이다.

그래서 카체는 일부러 물을 수밖에 없었다.

"그렇게 걱정되나? 가이가."

"당연하지."

바보 같은 질문 하지 마. 그렇게 말하는 것처럼 리키는 입술을 불퉁하게 내밀었다.

"상대가 키리에일 땐 마지못해 겨우 움직이더니 가이가 상대일 땐 한 방에 불이 붙는군. 나는 잘 모르겠지만 페어링 파트너란 원래 그런 건가?"

진지한 얼굴로 묻는 말에 리키는 한순간 아무런 대답도 하지 못했다.

페어링 파트너의 정의란 없는 것이나 마찬가지다. 그렇기 때문에 집착도 천차만별이며 그와 관련된 소란도 끊이지 않는다. 파트너 선언을 해버리면 속박할 권리가 생긴다. 가볍게 상대를 바꿔서는 안 되기 때문이다.

"다른 녀석들은 어떤지 몰라도 그냥 섹스만 하는 거라면 페어링은 의미가 없잖아. 아마 인간은 어디선가 서로 의지하지 않으면 살아갈 수 없을지도 몰라. 그렇게 말하면… 비웃을 건가?"

카체는 침묵했다.

리키도 카체도 둘 다 케레스에서 태어나 가디언에서 자랐다. 카체는 그렇게 알고 있지만 사실은 다르다. 어째서 다른지 그 이유를 리키는 누구에게도 말한 적이 없다.

리키와는 다른 의미로 카체의 경력은 이질적이다.

퍼니처가 되어 거세당하고 있어야 할 것을 잃어버렸을 때, 카체 안에서 뭔가가 결여되고 말았다. 그것은 거짓 없는 사실이다.

남자로서 생식 기능을 잃어버렸기 때문에 섹스에 흥미도 관심도 없는 거라고 생각했다. 퍼니처로서 그게 당연하다고 의심조차 하지 않았다.

같은 방에서 지내는 음란한 펫을 눈앞에 두고도 결코 발정 따위 하지 않는 살아 있는 비품. 그것이 퍼니처이기 때문이다.

그러나 블론디인 이아손이 리키를 한 번도 교미 파티에 내보내지 않고 직접 안는다는 것을 알고 몹시 놀랐다.

불로불사의 매혹적인 몸, 살아 있는 뇌 이외에는 초정밀하게 만들어진 인공체 이아손이 리키에게 욕정한다는 사실을 알고 얼마나 경악했던가.

섹스용 안드로이드, 즉 지극히 평범한 섹서로이드에 성욕 따윈 없다. 성적으로 봉사하는 프로그램이 IC칩에 입력되어 있을 뿐, 프로그램에 없는 기능을 구사하는 것은 불가능하다.

당연히 쾌락과도 인연이 없다. 그저 프로그래밍 된 행위를 충실하게 실행할 뿐.

그래서 미다스에는 섹서로이드가 한 대도 없다. 고급부터 저급,

심지어 이단이라고 불리는 곳까지, 창관가는 모두 살아 있는 인간으로 꾸려진다. 좀 더 정확하게 말하자면 '표면'적으로는 드러내놓을 수 없는 라나야 우고 같은 특별주문품까지.

블론디가 최고급 섹서로이드라는 사실을 아는 자는 극히 일부에 불과하다. 그것을 태연하게 실천하고 있는 블론디는 이아손 외에는 단 한 사람도 없다.

게다가 상대는 슬럼의 잡종으로 한정되어 있다. 그렇기 때문에 이아손은 블론디 중에서는 이단인 '악취미'라고 불리는 것이다.

고환째 성기를 잃은 후 카체는 섹스와는 무연해졌다. 당연히 연애 감정도 소원해졌다. 인간은 그런 것이 없어도 살아가는 데 별지장이 없다. 그렇게 생각했다.

그러나 인공체인 이아손이 리키에게 집착하여 욕정까지 한다는 사실을 알았을 때 카체는 크나큰 충격을 느꼈다.

이아손이 유사생식기를 지닌 최상급 섹서로이드이기 때문에 발정할 수 있는 걸까?

아니다.

성기의 유무는 문제가 아니다.

뇌가 욕정하는 것이다.

눈도, 귀도, 모든 것이 정밀하게 만들어진 인공체. 그곳에 받는 신호가 뇌에서 변환되어 욕정을 자극한다. 인공뇌에는 있을 수 없는, 살아 있는 뇌이기에 가능한 감정.

그 사실을 알았을 때, 카체는 새삼 실감하지 않을 수 없었다. 있어야 할 것을 잃어버린 상실감이 인간의 감정을 괴사시킨 것일지도 모른다는 현실이 아닌, 인간이 인간과 만나는 필연을.

이아손이 리키와 만나지 않았더라면 아무것도 변하지 않았을 것이다.

아무것도 시작되지 않았을 것이다.

보통은 만날 수 없는 블론디와 슬럼의 잡종이 만난 후로 모든 것이 변했다.

그 순간 모든 게 시작된 것이다.

그렇다면 그것은 단순한 우연이 아닌 필연 아니었을까.

"하지만 나도 처음부터 그렇게 생각했던 건 아니야. 이아손과 만나서 그런 일을 겪지 않았더라면 페어링 파트너의 의미 따윈 진지하게 생각해보지 않았겠지."

아무렇지도 않게 흘러나온 말에 카체는 자신이 느꼈던 것이 단순한 기우가 아니라는 사실을 확신했다.

"페어링 파트너를 그만둔 지 몇 년이나 지났는데?"

"쌓인 빚이 있거든. 나는 옛날부터 그 녀석을 멋대로 휘둘렀으니까…"

말꼬리는 마치 무거운 한숨 같았다.

"그렇다면 진짜로 각오해야 될 거다. 이아손을 상대로는 어떤 논리도 통하지 않으니까."

"나도 알아. 그 정도는."

모르고 있다.

집착하는 자와 당하는 자의 메울 수 없는 온도차.

카체에게는 그것이 보였다.

"리키. 타나그라의 엘리트는 안드로이드와는 다르다. 몸은 인공체지만 뇌는 살아 있어. 그걸 잊지 마."

뭘 새삼스럽게. 그렇게 말하고 싶은 표정으로 리키는 카체를 바라보았다.

"교태 부리라는 게 아니야. 하지만 절대 쓸데없이 도발하지 마."

"도발? 그게 뭐야. 무슨 말인지 모르겠네."

진심으로 그런 말을 하는 게 더더욱 문제다. 게다가 자각조차 없다. 넌 대체 어떻게 생겨먹은 녀석이냐고 카체는 한 번쯤 진심으로 물어보고 싶었다.

"자각을 하라는 말이다."

"뭘? 내가 그 녀석의 펫이라는 자각이라면…"

"아니. 네가 자긍심의 화신 같은 블론디를 평범한 섹서로이드로 끌어내린 장본인이라는 사실을."

느닷없이 통렬한 따귀라도 맞은 듯한 기분에 리키는 무의식적으로 눈을 크게 떴다.

"이아손이 널 안는다는 건 그런 거다. 타나그라 최고 권력자가 최악의 하찮은 슬럼의 잡종에게 발정한다는 게 무슨 뜻인지, 그 의미를 너는 생각해본 적 있나?"

그 순간.

푸욱, 머릿속에 뭔가가 꽂힌 듯한 기분이 들었다.

'이아손이… 나한테 발정한다고?'

그런 건 생각해본 적도 없었다.

리키에게 이아손과의 섹스는 거부권이 없는 현실이기 때문이다.

이아손은 절대적인 지배자. 리키는 자신의 권리를 주장하는 것
도 허락되지 않는 펫이니까.

"블론디로서는 최대의 굴욕이지."

확신을 담아 카체는 그렇게 말했다.

자신보다 더욱 이아손과 깊은 관계를 지닌 카체의 말에 리키는
할 말을 잃었다.

"하지만 이아손은 그걸 알면서도 널 기르고 있다. 게다가 이런
파격적인 자유까지 줘가면서. 이아손이 너를 위해 얼마나 대가를
치르고 있는지… 이제 그만 확실하게 자각하도록 해."

그렇게 말한 후 카체는 다시 책상으로 시선을 돌려 아무 일도
없었던 것처럼 일을 시작했다.

'이아손이 나를 위해 치른 대가?'

처음에는 느닷없이 따귀를 맞고 뒤이어 뒤통수를 세게 걷어차
인 듯한 기분이었다.

지금까지 리키는 자신의 인생이 이아손이라는 존재에게 억지로
뒤틀린 피해자라고 생각했다. 그 책임의 몇 퍼센트는 리키의 자업
자득일지도 모르지만 적어도 리키는 스스로 원해서 펫이 되고 싶
다는 생각은 조금도 없었다.

『블론디를 섹서로이드로 끌어내린 장본인.』

그러나 카체의 입으로 그런 말을 듣고 흠칫 숨을 삼켰다.

이아손이 발정하는 의미?

이아손이 치르는 대가?

그 말을 곱씹으며 리키는 점차 창백해졌다.

6장

심야의 만남의 장소인 주점은 몹시 붐볐다.

술잔을 한 손에 들고 섹스 상대를 찾는 게 목적이지만 이런 주점의 기본은 카운터 이외에는 실내에 몇 군데 스탠드가 놓여있을 뿐 서서 마셔야 한다. 요란하게 벌컥벌컥 술을 들이마시는 자는 없다. 그렇게 마시면 의미가 없기 때문이다.

단골도 있고 처음 와본 사람도 있다.

직설적으로 유혹하는 자도 있고 천천히 살펴보는 자도 있다.

정해진 규칙은 없어도 암묵적인 규칙은 있다.

분위기를 파악하지 못하는 촌스러운 인간은 모두 싫어한다. 혼자 잘난 척하는 나르시시스트는 무시당한다. 그저 거칠고 난폭한 것을 야성적인 매력이라고 착각하는 녀석은 아예 말할 가치도 없다.

이런 주점에서는 한 번이라도 그런 빈축을 사면 다음부터 아무도 상대해주지 않는다.

평소에는 연령층에 의해 뚜렷하게 구분되어 있는 주점도 여기서는 세대 차이는 관계없다.

이념도 신념도 필요 없다.

취향에 맞는 사람이 있느냐 없느냐. 오늘은 만족스러운 하룻밤을 보낼 것이냐, 아니면 허망하게 홀로 잘 것이냐. 욕구란 정말이지 단순하기에, 관심사라면 오직 그뿐이다.

가이가 사각 안경을 쓴 짧은 흑발 머리 청년과 나란히 2층의 방으로 사라져도 아무도 주의해서 보지 않았다.

그러나 가이는 하룻밤 놀이 상대를 찾으러 온 것이 아니었다. 그것은 상대 남자도 잘 알고 있었다. 방으로 들어오자마자 더블침대가 아닌 구색 맞추기 용으로 놓여있는 테이블을 사이에 두고 마주 앉았다.

"그래서? 뭐가 필요하지?"

비스듬하게 걸친 가방 안에서 단말기를 꺼내며 정보상 하루는 다짜고짜 본론을 꺼냈다.

주민들의 90퍼센트가 남자라는 특성상 슬럼은 단순명쾌한 '힘의 논리'가 지배하는 세계. 그런 세계에서 살아가기에 하루의 겉모습은 너무나도 초식동물 같았지만 치근덕대는 주정뱅이를 한 손으로 날려버렸다는 둥, 강제로 추행을 하려는 녀석을 발차기 한방으로 쓰러뜨렸다는 둥 그에게는 놀라운 무용담이 끊이지 않았다.

체격 차는 어쩔 수 없어도 자기방어는 기본 중의 기본이다. 강간은 당하는 쪽이 빈틈을 보였기 때문이라는 것이 슬럼의 상식이다. 덮쳐온 상대를 반쯤 죽이더라도 그것은 당연한 권리다. 그러기 위한 방범 도구는 슬럼에서 필수품이다.

"다나 반의 겨냥도가 필요해."

"다나 반?"

하루가 살짝 눈을 가늘게 뜨며 중얼거렸다.

"최근 걸로."

"어째서?"

"정보료에 이유는 포함되어 있지 않을 텐데?"

인간은 아무렇지도 않게 거짓말을 하지만 돈은 배반하지 않는다.

태연하게 그런 말을 지껄였던 것은 다름 아닌 라비였다.

『돈에 걸맞은 정보는 팔아도 그 이유는 묻지 않는다.』

그 방침이 정보상 라비의 신조라면 하루도 어느 정도 비슷할 것이다.

"그건 그렇지만."

"그런데 뭐?"

"약간의 호기심."

아무렇지도 않게 중얼거리며 하루는 주머니에서 담배를 꺼내 불을 붙였다.

"그런 골동품 같은 방공호에 전 바이슨의 넘버2가 무슨 관심이 있는지 궁금해서."

가이는 작게 혀를 찼다.

"의뢰를 받아들일 거야, 말 거야. 어느 쪽이지?"

"글쎄 시대에 뒤떨어진 골동품 정보 따윈 수요가 없다니까."

이번에는 노골적으로 실망의 한숨이 흘러나왔다.

'역시 사람을 잘못 골랐나?'

슬럼에서 가장 걸출한 정보상은 라비지만 그는 리키만 관련되면 장사는 뒷전이고 흥미진진한 기색을 감추려고도 하지 않는다.

그런 라비에게 '다나 반'의 겨냥도 정보를 알려달라고 했다가는 쓸데없는 문제까지 의심할 것 같아서 그것만은 피하고 싶었다.

그래서 이번에는 일부러 다른 사람을 선택했는데.

아무래도 사람을 잘못 고른 모양이다.

'기대에 어긋나서 실망한' 기색을 노골적으로 드러내는 가이를 바라보며 하루는 입가에 쓴웃음을 지었다.

"미안하네. 기대에 어긋나서."

그런 부드러운 말투가 정보상으로서는 반응이 좋은 걸지도 모른다. 질 나쁜 '사신'이라고 불리는 라비와는 정반대였다.

'할 수 없지. 다른 사람을 찾아볼까.'

가이는 애써 마음을 추슬렀다.

"그럼 이만."

차라리 후련한 심정으로 몸을 일으키려던 순간.

"하지만 그쪽 방면을 잘 아는 사람이라면 알고 있는데?"

하루가 가이를 붙잡았다.

"그래도 괜찮다면 받아들일게."

낙담시킨 후에 미끼를 흘낏 내보이는 것. 그것도 정보상의 상투적인 수단일지도 모른다. 역시 보기와는 달리 만만치 않은 자다.

"그럼 부탁해."

다시 교섭을 시작하는 의미를 담아 가이는 자세를 바로잡았다.

———※———

비가 내리고 있었다.

안개비였다.

빗방울이 빗줄기가 되지 못하고 대지에 스며드는 우울한 아침이었다.

부치카는 창가에 서서 원망스러운 듯이 잿빛 하늘을 올려다본 후 한숨을 쉬며 블라인드를 내렸다.

이런 날은 특히 지병이 도지곤 한다. 욱신욱신 아픈 다리를 질질 끌고 흔들의자에 기대어 앉자 새삼 흘러간 세월이 느껴졌다.

눈도 귀도 멀쩡하고 머리도 아직 녹슬지 않았다고 자부한다. 기억력이라면 술과 마약에 빠져 흐물거리는 요즘 젊은 놈들보다 몇 배는 낫다.

그래서 고작 비 때문에 삐걱거리는 쇠약해진 몸이 더욱 답답했다.

마음과 체력이 반비례하는 딜레마. 너무나도 안타까웠다.

"정말 나이가 원수로군."

오른쪽 다리를 문지르며 투덜거렸다.

그 말을 듣고 위로해줄 사람은 없다. 어느샌가 '노인'이라고 불리는 나이가 되면서 점점 괴팍해지고 있다는 자각은 있지만 딱히 그렇다고 누구에게 피해를 끼치는 것도 아니다.

그때.

평소 좀처럼 울리지 않는 초인종이 울렸다.

흔들의자 팔걸이에 부착되어 있는 음성 단말 스위치를 누르며 부치카는 퉁명스럽게 고함쳤다.

"누구냐!"

일일이 시큐리티 박스까지 걸어가기 귀찮아서 팔걸이에 리모컨을 부착해놓았다. 디스플레이는 없어도 음성만으로도 충분히 볼 일을 볼 수 있다.

나이를 먹으면 뭐든 간단한 게 최고다. 그걸 실감하지 않을 수 없었다.

『쥬마 부치카 씨 계십니까?』

부치카는 멍하니 입을 벌렸다.

쥬마란 연장자에 대한 경칭을 의미한다. '영감' 또는 '망할 영감'으로 불리며 이제는 이름조차 불리지 않게 된 지 오래다. 그런데 이제는 사어에 가까운 경칭으로 부르다니 정말로 놀라웠다.

눈꼬리에 달라붙어 있던 사나운 기색도 스르륵 떨어져 나갔다.

"무슨 일이오."

말투는 물론 목소리마저 돌변했다. 자신이 생각해도 너무 노골적인 변화에 겸연쩍어진 부치카는 가볍게 헛기침을 했다.

『아침부터 죄송합니다. 부탁이 있어서 찾아왔습니다.』

방문자의 말투는 지극히 공손했다.

부치카는 잠시 생각에 잠긴 표정으로 입을 다물었다.

독거노인을 노린 악질적인 범죄는 딱히 드물지 않은 일이다. 약육강식의 먹이가 되는 것은 보통 '가디언'을 갓 졸업한 어린아이들이나 부치카 같은 고령자다. 전자는 섹스 관련으로, 후자는 돈 관련으로. 그래도 슬럼의 기본은 어디까지나 자기 책임이다.

설령 아는 사이라도 섣불리 문을 열어줘선 안 된다. 지인이 언제 어느 때 강탈자로 돌변할지 모르기 때문이다. 하물며 낯선 방문자라면 특히 경계심은 필요불가결하다.

그러나.

이때만큼은 어째서인지 그런 기본 중의 기본보다 호기심이 앞섰다. 요즘 사어에 가까운 '쥬마'라는 호칭을 사용하는 남자에게.

"들어오게."

리모컨으로 시큐리티 록을 해제했다.

이윽고 느긋한 걸음걸이로 들어온 남자는 흔들의자에 앉아있는 부치카를 보자 정중하게 허리를 굽혔다.

"안녕하십니까."

먼저 합격점. 정중한 인사를 할 줄 아는 남자의 첫인상은 나쁘지 않았다.

회색이 감도는 검은색 장발을 하나로 묶은 남자는 상상했던 것보다 훨씬 젊었다. 아직 갓 20대쯤 되었을까.

"무슨 일인가?"

"갑자기 찾아와서 죄송하지만 다나 반의 겨냥도를 보여주실 수 있습니까?"

느닷없이 흘러나온 과거의 유물의 이름에 부치카는 눈을 가늘게 떴다.

"제일 정확한 겨냥도가 필요합니다. 당신이라면 알 거라고, 케레스의 '아르다 가레(살아있는 사전)'라고 일컬어지는 당신이라면 알 거라고 하더군요."

부치카는 저도 모르게 코웃음을 쳤다.

"케케묵은 별명을 들먹이는군."

반쯤은 뻔한 빈말이긴 하지만 부치카를 그 별명으로 부르는 자는 이미 사라진 지 오래다. '쥬마'도 그렇고 '아르다 가레'도 그렇고, 요즘 젊은이들에게는 사어라기보다는 이미 화석일지도 모른다.

그런데도 굳이 화석을 들고 온 남자에게 흥미가 생겼다.

"거기서 담력 시험이라도 할 생각인가?"

폐쇄감을 견디지 못한 젊은이들이 스릴을 찾아 바보 같은 짓을 하는 것은 이미 DNA에 새겨진 인과에 가깝다.

그러는 부치카도 젊은 시절에는 결코 예외가 아니었다.

어느 시대에도 피하려야 피할 수 없는 통과의례는 존재한다. 남자만으로 이루어진 일그러진 사회에서는 특히 그 현상이 두드러지는 것뿐일지도 모르지만.

남자는 살짝 한쪽 뺨을 일그러뜨리며 웃었다.

"…그 비슷한 겁니다."

"인생을 비관하기에는 너무 이른 것 같네만."

케레스 독립운동의 중추였던 다나 반은 이른바 사연이 있는 곳이다. 진실과는 다른 소문, 그야말로 웃어넘길 만한 가치 없는 것부터 웃으려야 웃을 수 없는, 섣불리 입을 놀리기에는 너무 무서운 이야기까지. 헤아리자면 끝이 없을 정도다.

시대의 유물이라기보다는 패배자의 상징. 전해 내려올 가치도 없고 이제는 기억에서도 시야에서도 쫓겨나 방치된 폐허가 되었다.

그래서일까. '그쪽으로' 뒤가 구린 소문은 끊이지 않는다.

부치카가 슬쩍 빈정거림을 담아 그렇게 말했다.

"절대 물러설 수 없는 사정이 있습니다."

그러나 남자는 가볍게 받아넘겼다.

"부탁드립니다."

목소리 밑바닥에 진지한 열기가 담겨 있었다.

"좋아."

까다롭고 괴팍한 영감이라고 욕을 먹는 부치카치고는 보기 드문 일이었다.

슬럼에서는 모든 선악이 자기 책임으로 상쇄된다. 그것이 유일한 규칙이다.

지나치게 단순명쾌하고 우는 소리도 통하지 않는 혹독한 현실이다.

부치카는 오래된 단말기로 남자를 이끌었다.

"굉장히 오래된 물건이군요."

젊은이는 그 말밖에 할 수 없는 걸까, 진심으로 놀라고 있었다.

무리도 아니다. 단말기 본체는 이미 폐기 직전의 골동품이지만 부치카는 그걸로 충분했다.

다나 반과 관계된 마이크로SD를 꽂고 비밀번호를 입력했다. 화면을 잡아먹을 듯이 응시하던 남자가 조심스럽게 물었다.

"이거, 복사해도 될까요?"

"마음대로 하게. 하지만 이건 최신이긴 해도 한 세대 전의 겨냥도라네. 지금은 어떻게 변했을지… 나도 몰라."

부치카가 당연한 충고를 던졌다.

"알고 있습니다."

그래도 아무것도 없는 것보다는 나을 것이다. 남자는 익숙한 손놀림으로 들고 온 메모리 스틱에 데이터를 다운로드했다.

그리고 모든 작업이 끝난 후.

"정말 감사합니다."

깊게 머리를 숙였다.

부치카는 그저 고개를 끄덕일 뿐이었다.

부슬부슬 비가 내리는 가운데, 남자가 타고 온 에어 바이크가 멀어져갔다. 창문 너머 그 모습을 바라보며 부치카는 남자가 선물로 들고 온 술을 유리잔에 따른 후 맛을 보듯 한 모금 핥았다. 그리고 문득 떠올렸다.

"그러고 보니 이름도 안 물어봤군."

뭐 그런 건 아무래도 상관없지만.

7장

미다스 에어리어—8 'SASAN(사산)'.

그날 블랙마켓 전용 컨테이너 터미널 관제실은 그 어느 때보다 술렁대고 있었다.

갈란 성계 서쪽 지역에서 발생한 자기 폭풍 때문에 순항하던 함선 대부분이 길게 혹은 짧게 발이 묶여야 했다. 물론 블랙마켓이 소유한 화물선도 예외는 아니었다.

인터 컴으로 교신 중인 카체도 초조함을 감추지 못했다.

평소 카체가 워낙 감정을 드러내지 않기 때문일까, 그 초조함이 전파되는 것처럼 주위의 사람들까지 팽팽하게 신경을 곤두세우고 있었다.

그런 가운데, 혼자 이 자리와 어울리지 않는 작업복 차림의 리키는 느긋하게 관제실 창문으로 밖을 바라보고 있었다.

불야성 미다스를 채색하는 것은 화려한 일루미네이션이지만 요 며칠 동안 아모이의 아득한 상공에서는 자기 폭풍을 동반한 띠 모양의 오로라가 눈부시게 일렁이고 있었다.

"알겠다. 이쪽에서 어떻게든 하지."

퉁명스럽게 말하며 카체는 인터 컴을 뜯어냈다.

"보아하니 오늘 밤 예정은 취소인가 보지?"

카체가 뒤를 돌아보며 예상했던 대답을 던졌다.

"자기 폭풍 때문에 벌써 3일이나 지체됐다."

"여기서 볼 땐 굉장히 예쁜데."

물론 오로라를 말하는 것이다.

인공적인 일루미네이션에는 철저하게 계산된 스팽글 같은 아름다움이 있지만 예측 불가능한 천연의 아름다움은 그 자체가 마치 살아 있는 생물처럼 시시각각 모습을 바꾼다. 몇 시간을 쳐다봐도 질리지 않는다.

미다스를 방문한 관광객들에게도 뜻하지 않은 볼거리일 것이다. 물론 관광 비자의 유효 기간이 끊겨서 본의 아니게 발이 묶이지 않았더라면 말이다.

"저게 저기 눌러앉아 있는 한 예정은 점점 어긋난다."

카체는 짜증스러운 듯이 오로라를 노려보았다.

"천재지변을 상대로는 어디에도 화풀이할 수 없잖아?"

단순한 빈정거림이 아니었다.

"일단 먼저 라르고 스테이션까지 화물을 운반해라."

카체의 말에 리키는 저도 모르게 책상으로 몸을 내밀었다.

"내가 갈게. 라르고라면 셔틀을 타고 가면 반나절이니까."

계속 서류 업무만 하다 보니 엉덩이에 곰팡이가 필 지경이었다.

"넌 안 돼."

그러나 즉시 기각당했다.

리키는 입술을 일그러뜨렸다.

"그렇게까지 목의 사슬을 풀어줄 수는 없다 이거야?"

카체는 대답 대신 긍정의 눈빛으로 리키를 바라보았다.

결국 현실은 이런 것이다. 보이지 않는 사슬의 닻은 카체의 발밑에 단단히 연결되어 있다. 리키가 아무리 갈망해도 원하는 곳으로 마음껏 날아갈 수는 없다.

"너는 네 일을 해라."

책상 서랍에서 디스플레이 시트와 단말 리모컨을 꺼내며 카체는 턱짓을 했다.

"알겠습니다, 보스."

혀를 차는 대신 보란 듯이 물건을 받아들었다.

카체는 눈썹 하나 찡그리지 않았다. 완전히 평소의 카체다.

'쳇, 재미없어.'

카체를 놀리고 싶은 것은 아니지만 왠지 그가 자신을 밀어낸 것 같은 기분이었다.

리키는 그대로 발걸음을 돌려 관제실을 나섰다.

———⚜———

지하, 컨테이너 구획.

규칙적으로 한 치의 빈틈도 없이 쌓인 컨테이너들은 우뚝 솟은 성벽처럼 시야를 압박했다.

광대한 공간을 종횡무진 누비고 있는 것은 가동식 크레인 머니퓰레이터뿐이었다.

ID 인증을 모두 마치고 포인트를 입력한 후 리키는 광대한 부지 안을 카트로 이동했다. 완전 자동 제어 내비게이션 시스템이 탑재되어 있지 않다면 분명 길을 잃어버렸을 것이다.

디스플레이 시트로 체크를 하며 리키는 필요한 비품을 보충했다.

"이거 5년 전이랑 완전히 똑같은 패턴이잖아. 시험시간 동안 잔심부름만 했던…"

리키는 작게 투덜거렸다.

그 무렵에는 '배우기보다는 익숙해져라'라는 현장 훈련처럼 다짜고짜 거친 남자들 사이에 던져 넣었다. 매일 카트로 이동할 때마다 남자들의 상스러운 야유의 먹이가 되었다.

물론 그뿐만이 아니라 때와 경우에 따라서는 노골적으로 시비를 걸어오는 자들도 있었지만, 싸움을 걸어오면 두 배로 갚으라는 리키의 신조를 실천한 후로는 그것도 대폭 줄었다.

지금은 다르다.

당시에는 그를 억누르는 '이아손'이 없었지만 지금은 보이지 않는 사슬 이상으로 그 존재가 무거웠다.

어쩌면 그 사실을 리키보다 더욱 실감하고 있는 사람은 카체일지도 모른다.

이아손이 어떤 지시를 내렸는지는 모르지만 사무 업무 시프트 하나만 봐도 리키가 다른 자들과 쓸데없이 말썽을 일으키지 않도록 신경 쓰고 있는 것이 눈에 훤히 보였다.

'난 격리 중인 잡균 취급인가?'

설령 그렇다 해도 새삼 화가 나지는 않는다.

리키에게는 전혀 그럴 마음이 없어도 문제는 항상 예고 없이 일어난다. 그걸 생각하면 카체 나름대로 예방책을 세워두고 싶어 하는 것도 이상할 것 없다.

곰곰이 그런 생각에 잠겨있는 동안 리키가 탄 카트가 새로운 자동 제어 짐수레와 스쳐 지나갔다.

카고 식별 표시는 파란색 '루키아', 즉 이 화물은 냉동 물품이다.

운반책으로 일할 때 식별 표시 색과 기호와 전문 용어는 모두 암기했으니까 틀림없다.

"또 어느 변태 영감이 특별 주문한 섹스 돌인가."

혀를 차며 작게 중얼거렸다.

입 밖으로 내서 말하자 더더욱 씁쓸한 기분이 들었다.

리키는 과거 기형 섹스 돌로 유명한 '라나야 우고'의 특별주문품을 라오콘까지 운반한 적이 있었다.

남자와의 자유로운 섹스가 상식인 슬럼에서 남의 성적 취향을 이러쿵저러쿵할 자격은 없지만 리키는 아직 솜털도 가시지 않은 아이들을 안고 싶어 하는 자들이 정말 싫었다. 게다가 그러기 위해 일부러 신체 일부를 훼손하면서까지 섹스하고 싶어 하는 변태들은 역겹기 그지없었다.

『비즈니스란 수요가 있어야 비로소 성립되는 거니까. 마켓의 일에 깨끗하고 더럽고를 따지지 마라.』

냉정하게 한마디로 잘라버리게 해준 것은 카체였다. 리키는 아무 반박도 못하고 그저 입술을 깨물 수밖에 없었다.

떠올리기만 해도 생리적인 혐오가 밀려왔다.

리키는 카트를 멈추고 표시 번호를 디스플레이 시트에 입력했다.

이런 짓을 해봤자 아무 의미도 없다. 알고는 있지만 이성과 감정은 완전히 별개다.

디스플레이에 화물을 보내는 곳이 나타났다.

"킬러의 실험실? …그럼 라울의?"

뜻밖이라기보다는 전혀 예상치 못했던 일이었다. 리키는 살짝 눈썹을 찡그렸다.

라울의 실험실에 군이 냉동 상자로 뭘 보내려는 걸까.

호기심보다는 단순한 의문이 들었다.

리키는 다시 상자의 내용물을 체크했다.

그리고.

순간 흠칫 눈을 크게 떴다.

디스플레이에 표시된 것은 폐기 처분된 펫 리스트였다.

'…이럴 수가?'

그 속에서 에오스에서 알게 된 얼굴을 발견한 리키는 저도 모르게 꿀꺽 마른침을 삼켰다.

"소이어? 말도 안 돼. 이 녀석은 아카데미산 순혈종이었는데…."

리키의 기억이 틀리지 않는다면 소이어는 블론디의 펫이었다. 물론 그것은 리키가 에오스로 다시 돌아온 후였지만…. 주인의 이름은 아마… 쥘베르였다.

그는 교미 파티에서 지명 랭킹이 톱에서 벗어난 적이 없다고 한다. 거짓말인지 사실인지는 모르지만 그것이 그의 자랑이었다.

『슬럼의 잡종은 교미 파티에도 나오지 못하는 쓰레기.』

리키의 얼굴을 보면 반드시 늘 그렇게 서슴없이 독설을 퍼붓는 게 취미였다.

15세의 어린애한테 새삼 무슨 말을 들어도 아무렇지도 않았지만 허니 블론드에 옅은 초록색 눈이 왠지 스타인을 연상시켜서 어째서인지 시야 끄트머리가 살짝 욱신거렸다.

미다스의 많은 펫 생산 센터 중에서도 아카데미산 순혈종은 최상급이다. 아카데미산이 출품되는 것만으로도 경매의 격이 올라간다. 단순히 펫 경매에서 최대의 주목 상품이라기보다는 타나그라에도 13명밖에 없는 블론디를 위해 만들어진 일련 번호 상품이라 해도 과언이 아니다.

하위 클래스의 펫이 아낌없이 폐기 처분되는 경우는 있어도 아카데미산 순혈종이 폐기되는 일은 매우 드물다. 타나그라의 블론디의 펫이었다는 사실 자체가 하나의 지위나 다름없다.

미다스 창관에서는 앞 다퉈서 아카데미산 펫을 하사해주기를 기다린다. 아카데미산 순혈종이 있고 없고는 큰 차이이기 때문이다.

펫의 지위는 그대로 미다스 창관까지 이어진다. 손님의 질이 높아지고 손님의 발걸음도 늘어난다. 운 좋게 아이라도 낳으면 더욱 행운이다.

그런 절대적인 부가 가치가 있기 때문에 연방정부의 고관과 왕족들에게 헌상품으로 양도되는 경우도 있다. 펫 경매에서 아카데미산 신상품을 낙찰받은 것보다 그게 훨씬 보기에 그럴듯하기도 하다. 돈과 시간이 남아도는 특권 계급 놈들의 사고 회로는 도저히 이해하기 힘들다.

아파티아로 옮긴 후, 정확하게 말하자면 다시 카체 밑에서 일하게 된 후 리키는 펫에 관한 여러 가지 정보를 알게 되었다.

당연히 리키의 ID로는 액세스 제한이 있지만 에오스에서 하찮은 전자책밖에 주지 않았던 때와는 얻을 수 있는 정보는 차원이 달랐다.

리키와 카체.

에오스의 실태를 낱낱이 말할 수 있는 산 증인인 두 사람.

그 두 사람이 모두 슬럼의 잡종이라는 이단.

리키가 모르는 에오스의 어두운 부분을 카체는 더욱 잘 알고 있었다. 물어봐도 제대로 대답해주진 않지만.

화려한 소문만이 앞서는 펫의 빛과 그림자.

미다스 산 펫은 주인이 정해질 때까지 발 뒤쪽에 각인된 일련번호로 불린다는 것도, 그들에게는 전혀 글을 읽는 능력이 없다는 것도, 리키는 펫이 되어 강제로 에오스에 연행된 후에야 처음으로 알았다.

일상 속의 모든 설명과 안내가 색과 간단한 도형으로 통일된 생활은 생각보다 더욱 힘들었다. 이아손에게 뭔가를 조르는 행위만큼 속이 뒤집어지는 일은 없었지만 도저히 참지 못하고 끈질기게 졸라서 전자책을 얻었을 때에는 이걸로 울화가 치밀지 않고 지낼 수 있겠구나 하고 내심 안도의 숨을 내쉬었다.

에오스의 그런 배경에는 창관으로 보내졌을 때, 또는 양도되었을 때 에오스의 생활을 자세히 말할 수 없도록 프로그래밍 되어 있기 때문이 아닐까.

그 의문을 카체에게 털어놓자 그는 싸늘한 눈빛으로 웃어넘겼다.

『섹스 외에는 흥미도 관심도 가지지 않도록 만들어졌지. 알 필요가 없는 것을 쓸데없이 생각하지 않도록. 그게 펫이다.』

펫은 돈으로 매매되는 장난감이다.

출생증명서는 반드시 필요하지만 기본적인 인권마저 없다.

펫은 어디까지나 '상품'이기 때문이다.

따라서 쓸데없는 지식은 필요 없다. 그게 상식이다.

미다스 공식 지도에서 영구 말소된 케레스의 주민은 기본적인 인권을 박탈당한 것이나 마찬가지지만, 적어도 한정된 영역에서 생활하기 위한 지식은 가디언에서 배울 수 있다. 리키가 펫보다 슬럼의 잡종이 낫다고 생각한 것은 썩어 문드러진 자유라도 그 선택권이 있기 때문이다.

그래도 슬럼은 슬럼이라는 현실은 변하지 않는다.

아무리 가난하고 극악의 환경이라도 인간은 자신들보다 더 아래가 있다는 것만으로도 사소한 우월감을 품는다. 설령 그것이 아무 근거도 없는 모멸과 편견이라도 상관없다.

미다스 시민에게 슬럼이 필요악이라면 그것은 모든 행성에서 최하층의 인가들에게도 마찬가지라는 뜻 아닐까. 대부분의 위정자들은 불만분자의 배출구로 케레스를 말한다.

인공지능이 인간을 예속하여 지배하는 기계 도시. 미다스가 어디 있는지조차 모르는 사람도 정식 ID도 없이 최하층에서 살 수밖에 없는 인종, 그것도 남자밖에 없는 일그러진 사회가 존재한다는 사실은 알고 있다.

타나그라는 대외적으로 케레스 시민을 자국의 시민이라고 인정하지 않고 있지만, 미다스라는 유사 낙원으로 손님들을 팔아넘기는 행성의 여행 안내 팸플릿에는 케레스의 실정이 낱낱이 밝혀져 있었다.

낙원의 유일한 오점. 혁명을 일으켜 인생의 패잔병이 된 자들의 말로. 그곳은 결코 발을 들여놓아서는 안 되는 위험 지역이라고.

알렉과 함께 운반책으로 화물선을 타고 행성을 돌아다니면서 리키는 처음으로 다른 행성이 어떤 눈으로 슬럼을 바라보는지 알게 되었다. 정말로 슬럼은 아무리 발버둥을 쳐도 구원받을 수 없도록 만들어져 있다는 사실도.

리키는 자신이 에오스의 펫보다 낮다고 생각하는 것은 썩어가기만 하는 자유라도 그 상황의 선택권이 있다는 것일 뿐 그게 우월감이라고 느껴본 적은 없었다.

에오스의 펫들은 '슬럼의 잡종'인 리키를 눈엣가시로 여기고 온갖 폭언을 일삼았지만 어떤 의미로 리키는 그것들을 '귀찮다'는 한마디로 묵살해버릴 만큼은 이성적이었다. 물론 실제로 피해를 입으면 당연히 두 배로 갚아주긴 했지만.

그런 실정을 알고 있기에 리키는 아직도 믿기 어려웠다. 희귀한 아카데미산 순혈종이 폐기 처분되었다는 사실이. 게다가 그 처분처가 라울의 실험실이라는 것도.

과거 리키는 이아손에게 이런 말을 들은 적이 있었다.

『라울의 실험실로 보내져서 실험용 쥐처럼 갈기갈기 찢기고 싶나?』

에오스에서 도망치려다가 붙잡혀서 결국 폐기 처분당할 거라고 생각했지만 뜻밖에도 리키를 태운 에어카가 미스트랄 파크 제노바에 착륙했을 때의 일이었다. 무사히 슬럼으로 돌아왔다는 사실이 도저히 믿기 어려웠다.

미메아와 그런 일을 저지른 후로 리키는 라울이 자신을 끔찍하게 싫어한다는 사실을 자각하고 있었다. 그에 대한 이아손의 빈정거림. 그때는 그렇게 생각했다. 하지만.

'그게 아니었나?'

리키는 새삼 숨을 삼켰다.

『리키, 너는 생각해본 적 있나? 다른 펫들에 비해 네가 얼마나 행운인지….』

카체의 말이 문득 머릿속에 되살아났다.

'행운?'

지금 여기서 이렇게 살고 있는 게?

알 필요 없는 것을 쓸데없이 생각하지 않는다. 그것이 펫의 제1 조건이라면 이미 리키는 펫 실격이다. 아니, 이러고 있는 것 가체가 펫으로서는 규격 외의 이단인 것은 틀림없다.

그렇다면 블랙마켓에서 사육되고 있는 카체는 다른 퍼니처보다 운이 좋았다고 진심으로 생각하는 걸까.

리키는 한번 진심으로 그걸 물어보고 싶었다. 입 밖에 내지 않았을 뿐 어째서 리키가 아파티아로 옮겨오게 됐는지, 그 진상을 알고 싶어 하는 카체에게.

정보 등가교환?

그걸 내세워도 깔끔하게 무시당할지도 모르지만.

'시각이 변하면 진상도 역전한다. 당신은 그렇게 말했지만 난 이제 뭐가 좋고 나쁜지… 하나도 모르겠어.'

깊은 한숨을 내쉬며 리키는 디스플레이 스위치를 껐다.

8장

슬럼. 날씨 맑음.

전 바이슨 멤버들은 교외에 있는 막시의 가게에서 켈리의 아지트로 돌아왔다.

도박 레이스에 사용하는 에어 바이크 특수 가공용 부품을 짐칸에서 내려 작업용 차고로 운반했다.

"…쳇, 바가지 씌우는 버릇은 여전하군, 막시 녀석."

"맞아, 맞아."

"야, 노리스. 페어링 파트너 특별 할인은 없냐?"

"없어. 그 아저씨, 그쪽으로는 아주 계산이 확실하거든."

"진짜냐?"

험담도 못 되는 일상적인 대화는 그다지 흥이 나지 않았다.

아파티아에서 돌아온 후 지금까지 멤버들은 좀처럼 쾌활함을 되찾지 못했다. '그런 모습'을 봤으니 어쩔 수 없을지 모른다.

그래도 뭔가 하지 않으면 더욱 사고의 주박에 사로잡힐 것 같아서 어떻게든 시간을 내서 이렇게 어울려 다니고 있었다.

그때 가이의 휴대 메일 소리가 울렸다.

멤버들의 시선이 일제히 가이에게 집중됐다.

메일함을 열고 내용을 확인한 가이는 짧은 답장을 보낸 후 스위치를 껐다.

"누구?"

"지난번에 알게 된 녀석인데 밤에 만나자고 연락이 왔어."

태연하게 거짓말을 하는 가이에게 멤버들은 노골적으로 떨떠름한 표정을 지었다.

아파티아에서 그런 일이 있었던 후로 가이의 마음속에서 뭔가 스위치가 켜진 것만은 확실하게 알 수 있었다.

그 후 멤버들은 리키에 대한 얘기가 마치 금기라도 된 양 한마디도 하지 않았다. 그런데도 때때로 뭔가를 떠올리는 것처럼 이글거리는 눈을 하는 가이가 마음에 걸리고 불안해서 견딜 수 없었다.

"그게 아니지, 가이."

노리스의 목소리도 자연스레 낮아졌다.

"혼자서 몰래 뭘 하는 거냐고 묻는 거야."

시드의 미간에도 주름이 새겨졌다.

"그러니까, 섹스."

"가이!"

루크가 진심으로 고함을 쳤다.

가이는 안색 하나 바뀌지 않았다.

"키리에 때문에 미다스 치안 경찰이 슬럼으로 쳐들어왔을 때… 기억나?"

느닷없이 아무 맥락 없는 얘기가 튀어나오자 멤버들은 당황했다.

"모르는 건 아무것도 말할 수 없어. 아는 걸 섣불리 숨기려고 거짓말을 하면 탄로가 나지만 모르는 건 실토할 수 없는 법이지."

그것은 아무 의미 없는 비유가 아니었다. 멤버 모두가 실제로 경험한 불합리한 폭행이었다.

"너… 무슨 짓을 하려는 거냐?"

입 밖에 내서 말하자 막연한 응어리가 뚜렷한 우려로 바뀌었다.

"당연히 리키를 되찾아야지."

지극히 태연하게 흘러나온 그 말은 마치 얇은 칼날과도 같았다.

서늘하고 차가운 칼날로 목덜미를 건드리는 듯한 기분이 들어서 멤버들은 한순간 꿀꺽 마른침을 삼켰다.

"바보 같은 소리 하지 마."

시드가 떨리는 목소리로 말했다.

"상대는 타나그라의 블론디야."

노리스가 눈꼬리를 치떴다.

"그래서 뭐?"

가이의 목소리만이 흔들림이 없었다.

"들었냐. 야. 가이 녀석, 리키한테 차여서 머리가 어떻게 됐나 보다."

일부러 조롱하는 듯한 루크의 말에도 가이는 흐트러지지 않았다.

"바보 취급당하고서 잠자코 물러설 수는 없잖아."

살짝 목소리에 힘을 줬을 뿐이다.

뜨겁게 내뱉지도, 거칠게 고함치지도 않았다. 그저 한없이 차가운 옆얼굴이… 살기마저 담긴 눈빛만이 강렬했다.

'바보 같은 짓 하지 마!'

다들 그렇게 말하고 싶어 했지만 목소리가 목구멍에 걸린 것처럼 꿀꺽 마른침만 삼킬 뿐이었다.

"그러니까 묻지 마. 내가 어디서 뭘 하든 너희들은 아무것도 모르는 거야. 그럼 되잖아?"

'그런 짓을 해봤자 리키는 기뻐하지 않아!'

뻔한 말을 입에 담을 수도 없었다.

이대로 어영부영 흘려 넘기고 싶지 않은 가이의 마음은 이해한다. 될 수 있으면 한 방 먹여주고 싶은 절실한 마음도.

하지만 상대가 좋지 못하다.

'타나그라의 블론디잖아!'

최악일 뿐인가, 너무 흉악해서 상대조차 되지 않는다.

가이가 무슨 짓을 하려는 건지는 모르겠지만 뭐든 그저 무모한 행동에 불과하다.

무리하고.

무모하고.

터무니없는 짓.

승산 따위 0퍼센트인 무모한 도박일 뿐이다.

『두 번째는 없어.』

리키가 던진 말이 그들을 무겁게 짓눌렀다.

상대가 블론디라는 걸 알았다면 먼저 백기를 들었을 것이다. 아파티아에 억지로 쳐들어가는 무모한 짓은 하지 않았을 터였다.

아무것도 몰랐기 때문에 할 수 있었던 무모한 짓이었다. 아무 대가도 치르지 않고 무사히 슬럼으로 돌아온 것은 기적에 지나지 않는다.

새삼 절실하게 실감했다.

하지만 그 대가는 예상외로 컸다. 입에 내지 않았을 뿐 모두 그 것을 통감하지 않을 수 없었다.

"그럼 난 잠깐 나갔다 올게."

그 자리에 얼어붙어버린 멤버들에게 그렇게 말한 후 가이는 재 빨리 등을 돌렸다. 남겨진 멤버들은 그저 그 뒷모습을 말없이 지 켜볼 수밖에 없었다.

밤하늘에는 별이 맑게 빛나고 있었다. 풍류와는 인연이 없는 슬 럼에서는 아무도 그런 것까지 신경 쓰지 않지만.

외설적인 네온이 빛나는 거리를 가이는 익숙한 걸음걸이로 걸 었다.

그리고 지정된 빌딩 숲 골짜기에 서 있는 남자를 발견한 후 천 천히 걸음을 멈췄다.

"베르네?"

암호 대신 이름을 부르자 남자는 대답 대신 피우고 있던 담배 를 버리고 발끝으로 비벼 껐다.

"돈은?"

가이는 말없이 주머니에서 전자 머니 카드를 꺼냈다.

남자는 휴대단말로 금액을 확인한 후 쓸데없는 말은 하지 않고 발밑의 가방을 움켜쥐고 가이에게 건넸다.

가방은 예상했던 것보다 훨씬 묵직했다.

가이는 가방 안을 확인하려고 하지 않고 그대로 왔던 길을 되돌아갔다.

동부 지구 콜로니, 통칭 '루퍼 야프'는 평소와 다름없이 저물어 가고 있었다.

노리스는 자신의 방바닥에 털썩 주저앉아서 우울하게 담배를 피웠다.

동료들과 어울리지 않는 밤은 길다.

그렇다고 막시의 침대로 기어들어 가고 싶은 기분도 아니었다.

그저 이유도 없이 혼자 있고 싶었다.

허공을 향한 시선은 무엇을 바라보고, 누구를 생각하고, 어디로 내려앉는가.

손가락 사이로 담뱃재가 힘없이 고개를 꺾었다. 그 순간만, 흘러가는 시간이 움찔 튀어 올랐다가 잠겼다.

탁한 어둠을 벗 삼아 루크는 느릿느릿 걷고 있었다.

아니, 비틀거리고 있었다.

술에 취한 걸까, 아니면 마약에 취한 걸까.

어느 쪽이든 콧노래를 부르며 걷는 걸음걸이는 몹시… 위태로웠다.

스쳐 지나가는 사람들은 시선조차 주지 않았다. 그런 건 익숙한 광경에 불과했기 때문이다. 아무도 일일이 시선을 던지지 않는다.

그러다 발이 꼬여서 그대로 고꾸라지고 말았다.

요란한 소음이 울려 퍼져도 오가는 사람들은 신경조차 쓰지 않았다.

쓰레기 속에 얼굴을 처박은 채 루크는 꿈쩍도 하지 않았다.

잠시 후 쓰레기 속에서 작은 웃음소리가 흘러나왔다.

"진짜 지리겠네… 그런 타입은 진심이 되면 무섭거든, 리키…. 나 같은 평범한 사람은 쫓아갈 수 없어."

잔뜩 쉰 중얼거림은 곧 어둠 속에 녹아들었다.

담배 연기가 피어오르는 주점 카운터.

"기다리는 사람은 오지 않는다, 뭐 그런 거야?"

남자는 친근한 어조로 말을 걸며 넉살 좋게 스툴을 끌어당겼다.

가늘게 다듬은 눈썹에 펄이 들어간 짙은 아이섀도. 교태를 부리는 것처럼 몸을 비비며 요란한 주황색 머리카락을 쓸어 올렸다.

시드는 흘낏 곁눈질로 쳐다볼 뿐이었다.

그래도 아랑곳없이 남자는 시드를 유혹했다.

"한잔 사주지 않을래?"

"꺼져."

시선도 주지 않고 시드는 내뱉듯이 말했다.

"흥. 고자 새끼 주제에 폼 잡기는."

남자는 거친 콧김을 뿜으며 큰소리로 비웃었다.

그러나 시드가 즉각 스툴을 걷어차는 바람에 비웃음은 일그러진 채로 얼어붙었다.

술잔을 카운터에 내려놓고 시드는 천천히 일어섰다.

교태를 부리던 남자의 비웃음에 발끈한 것은 아니었다.

다만 계기가 필요했을 뿐이다. 짜증 나고 울화가 치미는 심정을 쏟아부을 계기가….

남자는 운이 나빴다.

"다시 말해봐."

손깍지를 끼고 관절을 우두둑 울리며 시드는 보란 듯이 위협했다.

고요해진 가게에서 남자는 숨을 삼키며 주저앉은 채 주춤주춤 뒤로 도망쳤다.

9장

당장이라도 비가 쏟아질 것 같은 흐린 오후.

케레스와 미스트랄 파크의 경계선에 위치한 제노바는 여느 때처럼 적막에 감싸여 있었다.

가이는 에어 바이크를 멈추고 내린 후 ID칩을 빼고 다 무너져서 드러난 철근에 도난방지용 고정 장치를 채웠다.

이렇게 해도 운이 나쁘면 도둑맞을 때가 있다. 그래도 아무것도 하지 않는 것보다는 낫다.

시트를 열고 안에서 편광성 미채 후드가 달린 긴 재킷을 꺼내 걸쳤다.

얇고 가볍다. 착용감은 그리 나쁘지 않다.

『타나그라의 블론디는 미다스의 치안 경찰보다 훨씬 잔인한 절대 권력자.』

리키의 말에 자극받은 것은 아니지만 나름대로 준비는 게을리하지 않는 편이 좋다. 주의에 주의를 기울이는 신중함이 딱 좋다.

겉보기에는 아무 위화감 없는 편광성 재킷은 빛을 반사한다. 일루미네이션의 홍수 같은 미다스 속에서는 감시 카메라로부터 가이의 존재를 감춰줄 것이다.

이제부터 가이가 하려는 짓은 바로 그런 것이었다.

재킷 주머니에서 손가락만 나오는 검은 가죽 장갑을 꺼내 오른손에 꼈다. 장갑 손바닥 부분에는 아주 작은 가압식 마취 총이 장치되어 있다.

그 감촉을 확인하며 가이는 천천히 제노바를 향해 걸어갔다.

미다스 각 에어리어를 무료로 순회하는 관광버스는 전자 머니를 겸용한 ID 제시가 의무화된 에어 택시와 달리 승객을 가리지 않는다. 설령 그것이 관광객 속에 잠입한 슬럼의 잡종이라 해도.

그런 편리한 교통수단이 있기 때문에 슬럼의 잡종은 어느 에어리어에서도 크루징이 가능하다. 뭘 해도 빠져나갈 구멍이 있다. 슬럼의 잡종을 벌레처럼 혐오하는 미다스 시민들에게는 그야말로 골치 아픈 일이겠지만.

시야에 비치는 모든 것은 호화로운 일루미네이션의 홍수였다.

어둠은 관능적으로 그 색을 바꾸고 밤을, 아니, 인간의 이성을 마비시켜 탐욕스럽게 옭아매려 하고 있었다.

붐비는 인파에 홀로 등을 돌리고 가이는 빌딩 벽 틈새로 숨어들었다.

바로 저 앞에 오래된 드럭 스토어가 있다. 별다른 돈벌이도 되지 않을 법한 관광객을 상대하는 가게다.

하지만 그곳을 물끄러미 응시하는 가이의 눈빛은 강렬했다. 참을성 있게 그저 가만히 기다렸다.

오늘은 수요일. 이제 곧 저 문 너머에서 리키가 나올 것이다.

그렇다.

단순한 직감이 아니다.

리키는 시간에 정확했다. 가이 일행이 아파티아를 기습하기 전부터 그랬다.

그가 드럭 스토어에서 대체 무슨 일을 하는지 가이와 멤버들은 도무지 짐작조차 할 수 없었다. 저 가게 문을 열고 한 걸음 밖으로 나오면 이성도 자제도 마비시키는 욕망의 일루미네이션이 소용돌이치고 있는데도 리키는 눈길조차 주지 않았다.

언제나 정해진 시각에 아파티아를 나와 정해진 시간에 돌아가곤 했다.

도중에 어딘가에 들러서 식사를 하거나 적당히 즐기는 경우는 일절 없었다.

어째서?

가이와 멤버들은 의아해서 견딜 수 없었다. 그런 철저하리만큼 반듯한 행동이 전혀 리키답지 않았기 때문이다.

어째서?

그 의문은 풀렸다.

그날 그 방에서 가이와 멤버들은 그 이유를 알게 되었다.

아니… 보고야 말았다. 리키의 목에 보이지 않는 사슬이 몇 겹이나 감겨있는 것을.

그날 밤 그 충격적인 광경을 떠올리지 않은 날은 없었다. 잊고 싶어도 뇌리에 각인되어 떨쳐지지 않았다. 그것만으로도 이가 으드득 갈렸다.

그때.

문 너머에서 리키가 나타났다. 정확한 시간이었다.

동시에 가이의 눈꼬리가 오싹할 만큼 무시무시하게 치켜 올라
갔다.

미다스는 날마다 밤마다 변함없이 뜨겁게 달아오른다.

19시. 리키는 여느 때처럼 업무를 마치고 드럭 스토어를 나섰다.

순간 탁한 밤바람이 교태를 부리듯 목덜미를 핥았다.

특수 코팅된 문 한 장을 사이에 두고 안과 밖은 체감 온도는 물
론 공기의 색깔마저 다르다.

미다스에는 사시사철 쾌적하게 지낼 수 있도록 온도가 조절되
는 에오스에는 없는 생생한 계절감이 존재한다. 그것이 불쾌하기
는커녕 오히려 기묘한 안도감마저 불러일으켰다.

같은 우리 안이기는 해도 에오스와 아파티아는 모든 것이 정반
대였다. 리키는 그 사실을 온몸으로 실감하지 않을 수 없었다.

'그러고 보니 배가 고프군.'

빨리 집으로 돌아가서 밥 먹자.

그렇게 생각하며 무심코 던진 시선이 흠칫 얼어붙었다. 리키 앞
을 가로막듯 후드를 깊이 눌러쓴 긴 재킷 차림의 가이가 우뚝 서
있었기 때문이다.

낯선 차림을 하고 있어도 가이는 가이. 잘못 볼 리가 없다.

소리 없는 경악에 두근두근 가슴이 뛰었다.

순간 주위의 소음이 사라졌다.

두근두근 빠른 박동과 함께 일그러진 시야 속에서 화려한 일루미네이션도 사라졌다.

색을 잃은 흑백의 인파 속, 가이의 모습만이 선명하게 보였다.

뒤얽히는 시선이 아프게 와 닿았다. 그렇게 느낀 것은 리키뿐일지도 모른다.

리키는 움직이지 않았다.

그런 리키를 응시한 채 가이는 천천히 걸어왔다.

"안녕, 리키."

흔들림 없는 눈빛 이상으로 그의 목소리는 딱딱했다.

아무래도 자신만 긴장한 것은 아닌 모양이다. 그 사실을 알고 일단 잔뜩 굳었던 리키의 어깨에서 힘이 빠져나갔다.

"오랜만에 한잔할까."

"돌아가."

새삼 같은 얘기를 되풀이할 생각은 없다.

"그러지 말고 이리 와."

가이의 왼손이 억지로 리키의 팔을 움켜잡았다.

"놔."

주위의 시선을 신경 쓰며 리키는 목소리에 힘을 줬다.

"너 진짜 끈질기다."

이런 곳에서 쓸데없는 치정 싸움을 할 생각은 없었다.

"똑같은 얘기를 되풀이할 생각은 없다고 했잖아."

다툼이 시작되기 전에 가이의 손을 뿌리치려고 했다.

그렇게는 안 된다는 듯이 가이는 재빨리 오른손을 리키의 목덜미에 댔다.

"…윽!"

따끔한 아픔을 느끼며 리키는 얼굴을 찡그렸다.

그러나 다음 순간 어지러워지더니 현기증이 났다.

"아직 끝나지 않았거든?"

귓가에서 속삭이는 가이의 목소리가 어째서인지 꼬리를 끌며 멀어졌다.

"뭐… 야?"

시야가 흐물흐물 일그러졌다.

그때는 이미 다리에도 허리에도 힘이 들어가지 않았다. 리키는 가이의 품속으로 쓰러졌다.

기분이 지독히 나빴다.

온몸이 뭔가에 삼켜지는 듯한 착각. 그것도 그저 추락하는 것이 아니라 소용돌이를 그리며 빨려 들어가는 듯한 기분 나쁜 감각이었다.

손도 발도 무겁게 마비되어 '어디가 어딘지' 감각이 없었다.

꿈일까.

현실일까.

아니면 그저 환각일까.

숨을 쉬기만 해도 위가 욱신거리고 속이 울렁거렸다.

'…우… 우욱…'

문득 구역질이 치밀고 목이 탔다. 몸은 둔탁하고 무거운데도 어째서인지 감각만이 리얼하고 생생했다.

마치 질 나쁜 마약을 먹고 배드 트립에라도 빠진 듯이 불쾌했다.

끈적끈적한 오한이 등줄기를 핥았다.

눈꺼풀이 무겁다.

눈알이 욱신욱신하다.

피부 한 장 아래에서 뭔가가 꿈틀거리는 듯한 소름 끼치는 감각에 무심코 신음했다.

아니. 신음하려고 했지만 목소리가 나오지 않았다.

그때.

느닷없이 적동색으로 문드러진 시야가 갈라졌다.

환한 빛이 이빨을 드러내며 눈 속으로 쏟아졌다. 안구를 도려내는 듯한 기분에 리키는 저도 모르게 고개를 돌렸다.

머리가 욱신욱신 아팠다.

리키는 신음하는 대신 으드득 이를 악물었다.

욱신거린다.

아프다.

타들어 간다.

무겁다.

저릿하다.

화가 난다.

마치 불쾌함의 카오스 같은 상태였다.

속이 울렁거린다.

속이 울렁거리고 토할 것 같다.

그 상태가 간신히 가라앉기 시작할 무렵이었다.

"기분은 어때?"

멀리서 목소리가 들려왔다.

가이였다.

순간 리키는 비로소 오렌지 로드에서 가이와 마주쳤던 것을 떠올렸다.

"좋을 리가… 없잖아…."

목구멍에 들러붙는 것을 억지로 토해내듯 독설을 뱉었다. 눈 깜짝할 사이에 느닷없이 시야가 일그러지고 검게 물들 정도면 몹시 강력한 즉효성 약을 사용한 모양이다. 그 부작용이 이거라면 안전성에 큰 문제가 있을지도 모른다.

"…그렇겠지."

가이가 낮게 웃었다.

리키는 입을 꾸욱 다물었다. 미끈거리는 구토감이 치밀어서 더이상 입을 열 기분도 들지 않았다.

"안 물어봐? 여기는 어디냐, 날 어쩔 셈이냐, 뭐 그런 거."

물론 물어볼 생각이다. 일단 가슴에 둥지를 튼 구토감이 가라앉은 후에. 그렇지 않으면 제대로 대화를 나눌 수 없을 것이다.

아니, 그 전에…

"물."

리키는 잔뜩 쉰 목소리로 고함쳤다.

일단 수분 섭취가 먼저다. 이대로는 목도 위장도 바싹 말라버릴 것이다.

가까이 다가오는 가이의 발소리가 들렸다.

"자, 물."

쪼그려 앉아서 미네랄 워터 병을 리키의 입가에 대줬다. 마시기 쉽게 빨대도 꽂혀 있었다.

마치 이렇게 될 것을 예상한 듯한 용의주도함에 또다시 분노가 치밀었다.

그래도 일단 그 분노를 머릿속 한구석으로 몰아낸 후 리키는 한 모금 한 모금 맛보듯이 물을 마셨다.

멋대로 휘둘리는 이 상황에 초조함을 감출 수 없었다.

하지만 이제 와서 조바심을 내봤자 소용없다.

천천히 시간을 들여 물 한 병을 비운 후 리키는 힘겹게 몸을 일으켰다.

현기증은 없었다. 구토감도 어느 정도 가라앉은 모양이다.

기분을 바꾸기 위해 주위를 둘러보았다.

먼저 자신이 놓인 상황을 확실하게 하고 싶기도 했지만 그 이상으로 가이와 시선을 마주치고 싶지 않았다. 안 그러면 한껏 독설을 퍼부을 것 같았기 때문이다.

몹시 살풍경한 방이었다.

회색 벽은 여기저기 얼룩이 눈에 띄었다. 오랫동안 아무도 출입하지 않았던 것일까, 방 자체에 냉기가 감돌았다. 환기 시설은 작동하고 있는 것 같지만 왠지 황폐하고 먼지 냄새가 났다.

창문은 없었다.

투박한 문과 환기구. 머리 위의 전등만이 유난히 밝게 빛났다.

리키가 누워있는 곳도 바닥에 매트리스만 깐 급조 침대였고 가이가 앉아있는 의자와 둥근 테이블도 옮기기 쉬운 물건만 골라서 들고 온 듯했다.

"뭐지? 여긴…."

"다나 반 지하 방공호."

아무렇지도 않게 내뱉은 말에 리키는 말문이 막혔다.

기껏해야 슬럼의 폐빌딩 지하 정도일 줄 알았는데. 설마 이런 곳일 줄은 예상조차 못했다.

커다랗게 뜬 리키의 두 눈에 경악이 차오르는 것을 바라보며 가이는 입가에 엷은 미소를 지었다.

"여기라면 아무에게도 방해받지 않고 느긋하게 얘기할 수 있어. 여긴 닐 다트와는 다른 의미로 미스터리 존이니까…."

부정할 생각은 없었다.

구세대의 유물이라고 하면 듣기에는 그럴듯하지만 한마디로 너무 거대해서 처치 곤란한 골칫덩이 시설이다. 그래서 지금도 방치된 상태다.

독립할 때 설치한 시큐리티 시스템이 아직도 세밀하게 작동하고 있기 때문일까, 이곳은 마치 한번 발을 들여놓으면 빠져나올 수 없는 미궁과도 같다고 한다.

실제로 담력 시험을 하러 들어왔다가 돌아오지 못하게 되었다는 소문도 썩어 넘칠 만큼 많다. 물론 그 소문을 구실삼아 린치를 가하는 경우도 있지만 그걸 신경 쓰는 사람은 아무도 없다.

다나 반 지하에는 사람의 뼈가 산더미처럼 뒹굴고 있다··· 는 소문마저 있을 법한 일이라는 생각이 들 정도다.

"이렇게라도 하지 않으면 네 진심을 들을 수 없잖아?"

"이제 와서 진심이고 거짓이고 그게 다 무슨 소용이야. 몇 번을 얘기해도 똑같아. 내가 이아손의 펫이라는 현실은 변하지 않아."

리키는 신물이 나도록 되풀이했다.

"그럼 전부 리셋하면 돼."

가이가 낮고 단호하게 말했다.

"네가 어떤 이유를 갖다 대더라도 모든 원흉은 그 녀석이야. 무섭지 않아? 그 사슬을 질질 끌며 걸어 다니는 거. 끊어버려. 네가 못하겠다면 내가 해줄게."

아니야.

'그렇게 단순한 문제가 아니야.'

리키는 씁쓸하게 시선을 떨궜다.

"넌 몰라. 넌··· 아무것도 몰라."

"뭘?"

"블론디가 어떤 존재인지."

입에 담고 싶지 않은 추태마저 털어놓았는데 어째서 이해하지 못하는 걸까?

왜 이해해주지 않는 걸까?

그렇게 생각하면 화가 나서 견딜 수 없었다.

또다시 머리가 욱신욱신 아팠다.

"뭘 그렇게 겁내는 거야. 상대가 블론디라고 해서 왜 쉽게 포기하는 거지?"

겁내기 이전의 문제다.

깨끗이 포기해버릴 정도라면 지금 리키는 이곳에 없다.

그걸 가이는 모른다. 이해하지 못한다. 아니, 뭘 어떻게 말해도 가이는 이해할 생각조차 없을 것이다.

리키는 천천히 일어섰다.

아마 소용없을 거라고 생각하면서 문까지 걸어가서 개폐 스위치를 눌렀다. 예상대로 문은 잠긴 채 꿈쩍도 하지 않았다.

"짓밟으면 비굴하게 굴지 않고 발로 차버린다. 상대가 누구든 당하면 즉각 두 배로 갚는다. 그게 바이슨이잖아."

마치 들으라는 듯이 예전에 해산한 '바이슨'까지 들먹이는 그 말에 리키는 미간을 일그러뜨렸다.

화가 났다.

도저히 맞물리지 않는 대화에 짜증이 났다.

진심으로 화가 났다.

"그 녀석에게 장난감 취급당하다 보니 뱃속까지 썩어버린 거냐?"

도발하는 듯한 그 말에 리키는 저도 모르게 두 손으로 문을 내리쳤다.

콰앙!

그 둔탁하고 육중한 울림은 답답해서 견딜 수 없는 리키의 마음을 대변해주는 것 같았다.

"이런 바보 같은 짓에 언제까지 어울려줘야 되지?"

"그자의 관심이 식을 때까지."

가이가 태연하게 내뱉었다.

문에 등을 기댄 채 리키는 주르륵 주저앉았다.

'큰일이다.'

'위험해.'

'최악이다.'

그 말만이 새삼 머릿속을 빙글빙글 돌았다.

'틀렸어.'

'어떻게든 해야 돼….'

'하지만 어떻게 해야 되지?'

초조함만 앞서서 머릿속이 엉망진창이었다.

이마로 흘러내린 앞머리를 귀찮은 듯이 몇 번이나 쓸어 올렸다. 흘러나오는 한숨은 몹시 무거워서 해머로 두드려도 깨지지 않을 것만 같았다.

"나는 지금까지 네가 이렇게 말귀를 못 알아듣는 바보인 줄은 몰랐어. 관심이 식을 리가 없잖아."

이성적이 되어라.

자제해라.

감정적으로 무슨 말을 해도 결말이 나지 않는 입씨름으로 끝날 뿐이다.

몇 번이나 스스로를 타일러도 결국 입을 열면 감정은 배제할 수 없다. 이럴 때만은 이성과 자제심의 화신 같은 카체의 철가면이 부러워서 견딜 수 없었다.

'쳇.'

내심 커다랗게 혀를 차며 리키는 시선을 들어 가이를 노려보았다.

"가이, 네가 저지른 짓은 그 녀석의 뺨을 갈긴 정도가 아니야. 블론디의 프라이드에 오줌을 갈긴 거나 다름없어."

"대단한 자신감이군. 고작 펫을 납치했다고 블론디가 그렇게까지 흥분할 것 같아?"

독을 머금은 빈정거림을 담아 가이는 입술을 일그러뜨렸다.

'…흥분할걸, 그 녀석이라면. 블론디 중에서는 누구나 알아주는 악취미니까.'

그가 얼마나 악취미의 제왕인지는 리키가 경험을 통해 제일 잘 알고 있다. 아마 침을 튀기며 무슨 말을 해도 카체 외에는 아무도 그 말을 믿어주지 않겠지만.

"펫 링은 발신기도 겸하고 있어. 어차피 금방 들통날 거야."

정해진 시간이 되어도 리키가 아파티아로 돌아오지 않았다는 사실이 알려지면… 지금 리키에게는 그게 제일 무서웠다.

목의 사슬은 보이지 않을 뿐, 슬럼에서 지낼 때처럼 풀어놓고 기르는 것은 아니다. 그걸 몸서리쳐질 만큼 자각하고 있었다.

그러나.

"걱정 마. 여긴 실드가 작동하고 있으니까. 발신기 따윈 아무 소용없어."

실드?

발신기가 소용없다고?

그걸 알고 안심이 되기는커녕 리키는 오히려 암담한 기분이었다.

아무 연락도 없이 별안간 행방을 감추고 말았다. 이건 이아손과 카체에 대한 지독한 배신일지도 모른다.

한순간 그런 생각이 머릿속을 스치고 지나갔다. 가슴이 철렁 내려앉았다.

'…배신?'

에오스를 떠나 아파티아로 옮겼어도 그곳은 또 다른 우리에 지나지 않는다.

그랬다.

그런데 어느샌가 아파티아에서 지내는 생활에 나름대로 적응해 버린 모양이다. 그 사실을 깨닫고 리키는 어떤 의미로 경악했다.

"설마 너… 평생 그대로 사육당해도 좋다고 진심으로 생각하는 건 아니겠지?"

낮고 강한 물음이었다. 그것이 가이에게는 양보할 수 없는 마지막 선인 것처럼.

"그 녀석들은… 알고 있어? 이 일을."

도저히 양보할 수 없는 선이라면 리키에게도 있다. 그중 하나가

전 바이슨 멤버들이었다.

"몰라. 이건 너와 나와 그 녀석 문제니까."

"키리에의 전철을 밟고 싶어?"

가이는 묵묵히 입을 다물었다.

멤버들 중에서 제일 상식적이고 이성적인 가이가 멋대로 동료들을 위험에 노출시키다니. 리키는 그 사실이 견딜 수 없었다.

이런 짓을 저지를 정도라면 가이도 나름대로 최악의 사태를 각오했을 것이다. 그러나 동시에 우습게 보고 있기도 했다. 타나그라의 블론디의 본성, 아니, 이아손의 집착이 다른 블론디와는 전혀 다른 이질적인 감정이라는 사실을 이해하지 못하기 때문이다.

카체가 리키를 위협해서 키리에를 강제로 데려가는 모습을 목격했을 때 가이는 격노했다. 그런 짓을 당했으면서도 가이는 아직 원흉인 키리에를 배려하는 관용이 있었다.

그런 가이가 리키를 위해 키리에와 똑같은 짓을 하려 하고 있다. 절대 권력자 블론디의 진정한 무서움을 모르기 때문이다.

키리에에게서 정보를 빼내기 위해 머릿속을 헤집고 그 때문에 키리에의 인격이 송두리째 파괴되어도 아무렇지도 않게 생각하는 것이 바로 권력자다.

슬럼의 잡종 따윈 해충보다 못한 존재지만 달리 써먹을 길이 있다면 인격을 덧씌워버리면 된다. 그런 짓을 태연하게 실천할 수 있는 것이 바로 블론디다.

가이는 그걸 모른다.

자신이 저지른 짓의 중대함을 전혀 모르고 있다.

"너, 내 진심을 그렇게 알고 싶어?"

"그래. 듣고 싶어. 납득할 수 있을 때까지 천천히. 시간은 아주 많으니까."

찌르는 듯한 가이의 시선과 강한 결의를 담은 리키의 검은 눈동자가 맞부딪혔다. 허공에 파지직 불꽃이 튀었다.

가이는 기다리고 있었다. 리키가 진심을 털어놓기를. 숨을 죽이고, 미동조차 하지 않은 채, 그저 기다리고 있었다.

리키는 말없이 일어섰다. 그리고 아무렇게나… 아니, 자포자기한 것처럼 옷을 벗기 시작했다.

허를 찔린 가이는 멍하니 눈을 크게 떴다.

대체 뭘 보여주려고 이러는 거지?

당혹스러운 듯이 입술을 달싹거리려던 순간, 리키는 마지막 한 장을 망설임 없이 벗어던졌다.

늘씬하고 탄력 있는 나신이었다. 군살 없는 탄탄한 육체에서는 풋내를 적당히 덜어낸 청년의 색향이 풍겼다.

그 몸에서 4년의 세월을 느낀 것일까, 가이는 한순간 목을 움찔거리며 목소리를 삼켰다.

아니, 아니다. 오히려 예상 밖의 질투… 때문인지도 모른다.

리키의 피부에는 곳곳에 키스 마크가 새겨져 있었다. 전등 불빛을 받아 드러난 '그것'은 마치 그 나신을 탐하는 남자의 존재감을 주장하는 것처럼 뚜렷하게 새겨져 있었다. 다리 사이에는 둔탁한 빛을 발하는 펫 링이 음모 속에 보일 듯 말듯 숨어 있었다.

타나그라의 엘리트가 살아 있는 뇌를 이식한 특화된 인공체라는 것은 널리 알려진 사실이다. 창조주 '유피테르'에게 선택된 새로운 종(種)은 미모와 지성과 영원한 젊음을 지니고 있다. 따라서 인류를 초월한 신종족인 엘리트가 하등한 펫을 안고 즐기는 것은 '있을 수 없는 일'이다.

인공체 엘리트에게 성욕 따윈 없다. 펫끼리 음란한 섹스를 탐닉하는 모습을 보고 즐기는 것뿐. 그것이 미다스에 퍼진 정설이었다.

그래서 가이는 이아손이 리키를 키우고 있는 것은 '슬럼의 잡종이라는 신기한 장난감'을 손에 넣고 괴롭히고 있는 상황일 뿐이라고 굳게 믿었다.

지배자의 가학성을 자극하는 살아 있는 장난감. 조교용 링을 특별 주문하면서까지… 그런 일그러진 집착은 그 가학성의 발로라고 멋대로 믿고 있었다.

하지만.

두 사람이 정말로 육체관계를 맺고 있으리라고는 생각지도 못했다.

"이게 네가 알고 싶어 하는 진심이야. 눈 똑바로 뜨고 잘 봐."

낮게 억누른 목소리에 희미한 자조가 섞였다.

그래도 가이를 응시하는 두 눈은 흔들림이 없었다.

"여기를 가볍게 문지르기만 해도 오싹오싹해."

리키가 젖꼭지를 집으며 말했다.

거짓말은 아니다. 단단하고 뾰족해진 젖꼭지를 희롱하며 가볍게 깨물고 빨아주는 것이 좋았다. 다만 오기로라도 그걸 인정하고 싶지 않았던 것뿐.

리키 자신도 이아손이 파헤치기 전까지는 그런 곳에 쾌락의 싹이 파묻혀 있을 줄 생각도 못했다.

가이와의 섹스는 서로 기분 좋아지는 것에 열중해서 오럴 섹스도 힘들지 않았다. 폭력적이고 강압적인 행위 따윈 한 번도 한 적이 없었고 가이가 삽입하고 싶다고 하면 거절하지 않았다. 간지럽고 답답하기만 한 애무 따윈 성기를 직접 자극해서 얻을 수 있는 쾌감을 이기지 못했다.

섹스란 그런 거라고 생각했다. 그리 믿고 있었다.

그러나 에오스에서 받은 '교육'이라는 이름의 음란한 조교는 리키가 몰랐던 쾌감이 숨겨져 있는 곳을 모조리 파헤쳤다.

허리가 뒤틀리고, 옆구리가 경련할 때까지 애를 태웠다.

목이 바싹 마르고, 머릿속이 마비되어 새하얘질 때까지 교성을 질렀다.

허벅지가 움찔움찔 경련을 일으키고, 잔뜩 휘어진 성기 끄트머리에서 음란한 액을 흘려도 사정하게 해주지 않았다.

그런 추태를 드러내며 온몸을 구석구석 이아손에게 시선으로 희롱당하는 굴욕.

그러나 아파티아로 옮긴 후로 그저 굴욕적이기만 하던 상황이 변했다. 이아손과 진정한 의미로 몸을 겹침으로써 굴욕이라고 생각했던 모든 것들이 어지러울 만큼 강렬한 쾌감으로 탈바꿈했다.

"여기도, 여기도. 전부 내 성감대야."

보란 듯이 키스 마크를 어루만지며 과시했다.

"타나그라의 엘리트는 직접 펫을 안지 않아. 보고 즐길 뿐이지.

하지만 그 녀석은 달라. 슬럼의 잡종을 직접 안고 즐기는 변태적인 주인은 이아손뿐이야. 그래서 그 녀석은 궁극의 악취미라고 불렸지."

에오스에서 강제로 참석해야 했던 것은 데뷔 파티뿐이었다. 그래서일까. 그 자리에선 리키를 안주 삼아 블론디들의 비아냥과 빈정거림과 속마음이 거침없이 쏟아졌다. 듣고 싶지 않아도 리얼한 추문들이 귀에 들어왔다.

"그 녀석에게 안기면 엉덩이 깊숙한 곳까지 욱신거려."

거짓말이 아니다.

매번, 매번, 고환이 텅 빌 때까지 쥐어짜곤 한다. 머릿속이 마비되고 몸은 흐물흐물 녹아내린다.

"나는 고환까지 마구 주물러달라고 그 녀석에게 매달리지. 단단하고 뾰족해진 젖꼭지를 깨물어달라고 가슴을 내밀어. 발기해도 사정할 수 없을 때면 미칠 것 같아서 사정하게 해달라고 울부짖어. 그래서 마지막에는 그 녀석의 단단하고 커다란 것에 꿰뚫리고 싶어서 엉덩이를 흔들지."

귀를 막고 싶어지는 고백을 필사적으로 견디며 가이는 리키를 응시했다. 그 말의 어딘가에 거짓말이 숨어 있진 않은가 살피기 위해서.

"나는 그렇게 길들여졌어."

이아손의 말은 틀릴지도 모른다. 리키에게 이아손과의 섹스는 거부권이 없는 쾌락이었다.

빼앗기고.

꺾이고.

탐욕스럽게 삼켜지고 무너져 내리는.

그러나 혐오로 범벅된 고행에 불과했던 그 행위는 어느샌가 한없는 쾌락으로 바뀌었다.

"핑계가 아니야."

섣부른 변명도 궤변도 필요 없다.

"이아손과의 섹스는 마치 마약 같아. 섹스가 끊기면 그 녀석을 원해서… 구멍이 움찔거려. 참을 수 없어."

약간의 과장은 있어도 거짓말이 아니다.

이아손에게 안기면 정말로 자신이 음란한 펫으로 전락한 것 같은 기분이 든다.

오기로라도 그걸 인정하고 싶지 않아서….

『그렇지 않아.』

『아니야.』

『이런 나는 내가 아니야!』

마구 부정하고.

마구 발버둥 쳤다.

슬럼에서 지낸 1년 반 동안 이아손이라는 독을 빼기 위해 섹스를 하지 않았다. 아이러니하게도 그래서 오히려 이아손을 향한 갈증만 커졌다.

"이 펫 링이 내 성기를 조이고 있는 한 그 녀석과 '할 수 있어'. 그걸 망가뜨릴 권리 따위 너에겐 없어!"

마지막으로 결정타를 날렸다.

『정말로 가이를 생각한다면 망설이지 말고 확실하게 잘라버려라.』

카체의 진지한 충고가 귓가에 되살아났다.

『정리는 했겠지?』

이아손의 이지적인 미모가 눈에 어른거렸다.

'그래, 알고 있어.'

그 절박한 숨 막힘에 관자놀이가 꿈틀거렸다.

뭐라 말할 수 없는 불쾌함이 치밀고 입안에 씁쓸한 것이 흘러넘쳤다.

뭐가 진심이고 뭐가 거짓인지, 이제는 그것마저 구별할 수 없었다.

"펫이라는 독이 온몸에 스며들어서 무슨 짓을 해도 빼낼 수 없어."

"진심으로… 하는 말이야?"

"내 입을 억지로 열어놓고 이제 와서 무슨 소리야?"

일부러 위악적으로 내뱉으며 리키는 벗어 던진 옷을 주웠다.

"전부… 나 혼자 난리를 쳤던 거야?"

낮게 잠긴 가이의 목소리가 날카로운 가시가 되었다.

따끔따끔한 그 아픔에 리키는 입술을 깨물었다.

"그래. 네가 한 짓은 그저 독선적인 자기만족일 뿐이야. 내 입장에서는 그저 쓸데없는 참견이야!"

그 직후.

쾅당!

날카로운 소리가 울려 퍼졌다.

간이 의자에서 일어선 가이는 성큼성큼 걸어와서 리키의 양팔을 움켜잡고 흔들었다.

"그럼 나한테는 이제 널 생각할 권리도 없는 거야?"

하소연하는 목소리는 살짝 잠겨 있었다.

팔을 파고드는 손가락의 강한 힘에서 가이의 깊은 감정이 엿보였다.

치밀어 오르는 열이 순간 리키의 가슴을 꽉 막히게 했다.

'그런 말 하지 마.'

그런 눈으로 비난하지 마!

입안 가득 퍼지는 씁쓸한 액체가 떨리는 입술을 억지로 열려고 했다. 그 배출구를 찾지 못한 채 리키는 힘껏 가이의 손을 뿌리쳤다.

"그래! 나는 내가 하고 싶은 대로 할 거야. 같은 말을 몇 번이나 하게 만들지 마!"

리키의 고함소리가 울려 퍼졌다.

그 직후 가이가 리키의 뺨을 갈겼다.

반사적으로 다리가 비틀거렸지만 리키는 시선을 피하지 않았다.

"때리고 싶으면 때려. 그래서 네 속이 풀린다면. 그리고 더 이상 나한테 상관하지 마."

"어째서? 나보다 그 녀석을 선택하는 거야?"

목구멍 안쪽에서 쥐어짜는 듯한 외침이었다. 그것은 자존심을 짓밟힌 분노도 욕설도 아니었다. 어쩌면 지금껏 막고 있던 정염의 폭발이었는지도 모른다.

"너… 네 나이를 생각해본 적 있어? 스물한 살이야, 스물한 살. 그 녀석의 변덕이 앞으로 몇 년이나 계속될 것 같아. 타나그라의 블론디는 아무나 원하는 대로 골라잡을 수 있어. 조금 특이한 녀석을 맛보고 싶었던 것뿐이야!"

알고 있다.

알고 있다.

아카데미산 순혈종조차 폐기 처분돼서 라울의 실험실로 보내졌다. 앞으로 어떻게 될지 예상조차 할 수 없다.

"그런 건 네가 말 안 해도 알아."

"그럼… 그렇다면 그 녀석이 너한테 질릴 때까지 계속 그 녀석의 다리 사이를 핥으며 살겠다는 거냐!"

그래도 상관없어.

의도하지 않은 감정이 문득 가슴속을 스치고 지나갔다.

그 사실에 놀라고 말았다.

'내가… 지금, 무슨 생각… 을?'

한순간 세차게 고동이 튀어 올랐다.

"난 인정할 수 없어. 절대 인정할 수 없어."

그렇지만 곧 가이의 거부에 지워져 버렸다.

"그게 쓸데없는 참견이라는 거야. 작작 좀 해. 나는 하고 싶은 대로 할 거야. 방해하지 마."

순간.

가이가 리키를 힘껏 끌어안았다. 리키는 숨을 삼키며 그대로 굳어버렸다.

"바쥬라라고 불리건 실패자라고 불리건 너는 우리의 보스였어. 너와 함께 걸으면 모두 뒤를 돌아봤지. 그게 얼마나 자랑스러웠는지… 넌 알아?"

가이의 온기가.

가이의 고동이.

거짓 없는 진지한 마음이.

살갗을 통해 생생하고 리얼하게 느껴졌다.

"너와 함께라면 아무리 위험한 일도 괜찮았어. 다들 너에게 홀딱 빠져 있었어, 리키. 그런데 그걸… 이런 일로 부숴버릴 거야? 그 녀석을 위해서, 우리 모두를 배신할 거냐?"

'그게 아니야!'

힘껏 끌어안고 싶은 충동에 시달리며 억지로 그 말을 삼켰다.

여기서 확실하게 가이를 밀어내지 않으면 상황은 최악으로 변한다.

지금이라면 아직 늦지 않았다.

지금이라면 아직 어떻게든 할 수 있다.

가이에게 미움받아도, 원망받아도, 해야 할 일을 하는 것뿐. 리키의 마음은 오직 그뿐이었다.

"난 이제 바이슨의 리키도 아니고 너의 페어링 파트너도 아니야. 그 녀석의 펫이야."

"아니야!"

"맞아. 뭔가를 선택한다는 건 뭔가를 버린다는 거야. 난 이미 선택했어, 가이."

자신의 목에는 보이지 않는 사슬이 감겨있다. 이아손의 명령은 거역할 수 없다. 자신에게는 거부권이 없다. 그래도 리키는 카체가 말한 '파격적인 자유'를 얻었다.

언젠가 슬럼에서 기어 올라가고 말 테다.

그 꿈은 이루어지지 않았지만 설령 어디에 있어도 리키가 리키인 한 출신은 영원히 따라다니리라는 사실을 알게 되었다. 카체조차 그 주박에서 벗어나지 못했다.

하지만 자신의 삶은 스스로 정하는 것이다.

거부권은 없어도 선택지는 있다.

그래서 리키는 가이를 버렸다.

그 결과 이아손의 펫이 되는 길을 선택하게 되었다 해도, 가이의 눈에는 그 사실이 지독한 배신으로 비친다 해도 할 수 없다. 버리지 않으면 파멸만이 기다리고 있으니까.

가이의 손을 뿌리치기 위해 리키는 몸을 뒤틀었다.

그렇게는 놔두지 않겠다는 듯이 가이는 더욱 힘을 줬다.

"이제 와서 바이슨의 리키로 돌아오라는 말은 하지 않을게. 나의 리키… 가 아니어도 좋아. 하지만 그 녀석의 것만은 되지 말아줘."

귓불을 깨무는 듯한 속삭임이 기이하게 뜨거웠다.

"평생 그 녀석의 장난감이 되어도 좋다니, 나는… 인정할 수 없어. 용서할 수 없어."

강렬한 정염이 똬리를 틀고 있는 듯한 낮은 음성이었다.

"나 혼자 날뛰는 거라고, 쓸데없는 참견이라고 하지 마. 그 녀석이 먼저 내 뺨을 갈겼어. 싸움을 걸어오면 받아줘야지. 그렇잖아? 설령 무서워서 오줌을 지릴 것 같아도 결판을 내야 할 때가 있는 거야."

속삭임은 뜨거운데도 그 말속에는 차갑게 마비되는 듯한 독이 있었다.

이런 가이는 처음이었다.

리키는 초조하게 가이를 뿌리치려 했다.

그러나 그를 옭아맨 몸은 꿈적도 하지 않았다.

"너도 마음을 단단하게 가져, 리키."

그렇게 말하며 드러난 다리 사이를 움켜쥐는 바람에 리키는 온몸이 뻣뻣하게 굳었다.

"이게 있어서 그 녀석과 떨어지지 못하는 거지?"

음모를 헤집고 가이의 손가락이 펫 링을 더듬었다.

그것만으로도 솜털이 곤두섰다.

"그럼 빼버려."

무엇을?

링을?

'무리야. 이건 이아손이 아니면 뺄 수 없어.'

펫 링은 리키를 붙잡아두기 위한 족쇄니까.

"이 기분 나쁜 링만 없으면 넌 자유로워질 수 있어."

가이는 펫 링을 더듬었다.

"그렇다면."

그러고는 축 늘어진 리키의 페니스를 꽈악 움켜쥐었다.

"차라리 '이것째' 잘라버리면 돼."

'……!'

리키의 목이 일그러질 만큼 움찔 울렸다.

질 나쁜 농담도, 독이 서린 빈정거림도 아닌, 그것이 가이의 진심이라는 사실을 깨닫고, 허리가 둔탁하게 저렸다.

분명 서로 자기 자신보다 상대방을 먼저 생각했다.

그러나 선택한 길은 이미 갈라져 버렸다.

서로를 생각하는 애정은 변함이 없건만 지금은 그 비중이 다르다.

두근두근 고동이 빨라졌다.

바싹 마른 입술을 몇 번이나 핥아도 갈증은 멈추지 않았다. 목이 타들어 가는 듯한 기분에 리키는 굳게 눈을 감았다.

10장

타나그라.

정보 관리 시스템 안에 있는 이아손의 사무실은 화려함이 배제된 기밀실이다. 쓸데없는 물건은 아무것도 없다.

기능미에 철저한 실내는 정적으로 가득 차 있었다.

거의 180도로 기울어지는 리클라이닝 사무용 의자에 앉아있는 이아손은 두 눈을 감은 채 미동조차 하지 않았다. 이아손의 존재 자체가 실내에 설비된 비품 중 하나인 것처럼.

그 영롱한 미모에서는 생기가 조금도 느껴지지 않았다. 이아손을 이아손답게 만드는 확고한 의지가 담긴 두 눈이 감겨있을 뿐인데 그곳에 누워있는 것은 그저 정교한 그릇으로 전락한다.

잠들어 있는 것은 아니다.

그 증거로 이아손의 책상을 둘러싼 복수의 버추얼 스크린은 아까부터 고속으로 가동하고 있었다. 하나가 닫히면 또 다음 스크린이 열리고, 수식과 기호 등이 어지러운 속도로 점멸하고, 또 스크롤이 내려간다. 그런가 하면 복잡한 형태의 그래프와 도형으로 바뀐다.

이윽고 모든 버추얼 스크린이 차례차례 닫히고 실내가 진정한 의미로 침묵했다.

아주 작은 흔들림도 덜컹거림도 없이 의자가 천천히 통상 모드로 되돌아왔다.

이아손의 목에 꽂혀있던 플래그가 찰칵 뽑혔다.

의자와 이아손을 연결하고 있던 그것은 이아손의 뇌간(腦幹)에 결합하여 한층 정보처리 능력이 높아진다.

특화된 뇌이기 때문에 가능한 일이다. 살아 있는 인간이라면 뇌에 부하가 너무 커서 이미 폐인이 되었을 것이다.

이아손이 천천히 눈을 떴다.

그것만으로도 사라졌던 생기가 순식간에 되돌아왔다. 지성과 의지의 빛이 두 눈에 깃들고 단순한 그릇에 불과했던 유사 육체에 '품격'이라는 이름의 아우라가 담겼다.

놀라운 변화였다.

물론 이 타나그라에 돌변하는 그의 모습을 목격할 수 있는 자는 아무도 없지만.

정보 처리 중에는 그 이외의 것들은 모두 꺼두기 때문에 이아손이 제일 먼저 하는 일은 쌓여 있는 모든 메일의 확인이었다.

그중에서 눈길을 끈 것은 카체가 보낸 긴급 회선 시그널이었다.

시간은 약 1시간 전.

처리 모드에 들어간 직후 카체의 코드 시그널이 들어온 셈이다.

통상 코드가 아닌 긴급 코드라는 것이 조금 마음에 걸렸다. 블랙마켓 관련으로 뭔가 급히 이아손의 재량에 맡겨야만 하는 일이라도 생긴 걸까.

이아손의 눈이 살짝 가늘어졌다.

회선을 열자 곧 화면에 카체가 나타났다. 마치 이아손의 연락를 최우선으로 기다리고 있었던 것처럼.

『바쁘신 와중에 죄송합니다.』

"무슨 일이냐?"

『리키와 연락이 되지 않습니다.』

한순간 허를 찔린 것처럼 이아손의 두 눈이 살짝 커졌다.

"언제부터냐?"

『제가 눈치챈 것은 1시간쯤 전입니다.』

약간의 함축성을 풍기며 카체가 대답했다.

이미 22시가 넘은 시각이다. 리키와 연락이 되지 않은 것이 1시간 전이라면 약 3시간의 시차가 있는 셈이다.

카체 직속으로 일하면서 리키가 정확히 정해진 시간에 끝나는, 블랙마켓에서는 있을 수 없는 변칙적인 근무 체계에 불만을 품고 있다는 점은 이아손도 알고 있었다. 물론 그 문제는 카체에게 일임하고 있기 때문에 이아손이 참견한 적은 없다.

혹시 어디선가 적당히 기분 전환을 하고 있는 것 아닐까?

한순간 그렇게 생각했지만.

『아파티아와 휴대 단말기, 양쪽 모두 연락해봤지만 전부 응답이 없습니다.』

그 생각을 미리 읽은 것처럼 카체가 말했다.

카체가 확실하게 단언하는 걸 보면 휴대단말 GPS도 기능하지 않는 모양이다.

이아손의 뇌리에 처음으로 의심이 소용돌이쳤다.

"달리 들를 만한 곳은?"

소용없다는 걸 알면서도 물어보았다.

『없습니다.』

"기분전환을 할 만한 곳도?"

『있을 수 없는 일입니다.』

아파티아로 옮긴 후 리키가 얼마나 착실하게 생활했는지 말해주듯 즉각 대답이 흘러나왔다.

『어떻게 할까요.』

"이쪽에서 조사하겠다."

정해진 시각에 카체의 사무실을 나왔다면 그 후로는 개인적인 시간이다. 카체의 관할이 아니다.

일과 사생활. 이아손 안에서 그 두 가지는 명확하게 구분되어 있었다.

카체는 한순간 뭔가를 말하고 싶은 것처럼 입술을 달싹였지만 결국 입을 다물었다. 그 모습에서 어지간해서는 볼 수 없는 카체의 동요가 훤히 보였다.

"네가 공공연하게 움직일 필요는 없다."

이아손이 거듭 명령했다.

『알겠습니다.』

단말 회로를 끊고, 이아손은 곧 스크린 위에 펫 링 추적 지도를 띄웠다.

그러나 지도상 어디에도 펫 링의 신호는 없었다.

이아손은 와락 눈썹을 찡그렸다.

"신호가 소멸했다고? 어떻게 된 거지."

콘솔을 조작해서 또다시 신호를 확인했다. 그러나 지도상에는 아무 변화도 없었다.

있을 수 없는 현실을 직시해야 하는 당혹감.

아니, 그것은 예상외의 충격이었다.

카체에게서 리키의 휴대 단말 GPS가 어떤 이유로 기능하지 않는다는 사실을 들어도 그것을 수상하게 생각하긴 했지만 아직 절박하지는 않았다.

GPS는 만전을 기하기 위한 아이템이지만 만능은 아니기 때문이다. 그러나 펫 링은 다르다.

그것은 리키를 속박하기 위한 절대적인 족쇄다. 휴대 단말은 던져버리거나 부숴버리면 그걸로 끝이지만 펫 링은 이아손밖에 뺄 수 없는 특별주문품이다.

어디에 있어도 즉각 찾을 수 있다.

그런데. 그 신호가 소멸했다.

―말도 안 된다.

'…어째서?'

―모르겠다.

그런 일은 불가능하기 때문이다.

사고인가.

문제가 생겼나.

리키가 자신의 의지로 모습을 감추는 것은 있을 수 없는 일이니만큼 어느 쪽이든 심각한 상황이라는 점만은 변함이 없다.

"어쨌든 긴급 사태로군."

작게 중얼거리는 이아손의 눈꼬리가 사납게 치켜 올라갔다.

⁂

같은 시각.

미다스 에어리어―1.

그다지 장사가 되지 않을 것 같은 드럭 스토어 지하에 위치한 카체의 사무실. 그곳은 몸에 밴 퍼니처의 습성 그대로 신경질적일 만큼 깔끔하게 정리 정돈된 방이었다.

이아손과 교신을 마치고 카체는 험악한 얼굴로 애용하는 담배에 불을 붙였다.

불과 3시간 전까지 리키는 이곳에 있었다. 평소와 다름없이 쓸데없는 소리를 하지 않고 착실하게 업무를 해냈다.

그리고 정시에 모든 업무를 마치고 밖으로 나갔다. 리키에게 그것이 아무리 불만스러운 일이라 해도 카체는 리키를 다른 일에 배정할 생각은 없었다.

5년 전에는 단순한 잡종에 지나지 않았지만 지금은 다르다. 그 의미를 리키도 카체도 충분히 자각하고 있었다.

그랬다고 생각했다.

그러나 리키는 느닷없이 연락을 끊어버렸다.

'바보 같은 놈.'

카체는 생각난 듯이 혀를 찼다.

『가이와 멤버들한테 전부 들켰어.』

입안 가득 배어 나온 씁쓸함을 토해내는 듯한 목소리였다.

말하고 싶지 않은 수치를 드러내고 계속 숨겨온 비밀을 폭로
했다.

'무엇'을.

'어디'까지?

자세한 것까지는 말하지 않았지만 어중간하게 흐지부지 넘겨버
릴 수 없는 수라장이었을 걸 생각하면 상당한 각오로 '털어놓았으
리란 것'은 상상하기 어렵지 않았다.

그 각오가 전 멤버들에게… 아니, 아마 가이에게는 이해하기 힘
들었을 것이다. 리키는 그 사실을 감추려고 하지 않았다.

'리키'가 카체에게 '하소연'을 할 정도라면 아마도 몹시 절박한
상황이었을 것이다.

리키와 가이 사이에 뒤엉킨 감정은 두 사람밖에 풀 수 없다.

하지만 그사이에 이아손이 얽히면 상황은 복잡해진다.

그리고 그 결과 이렇게 갑작스러운 실종극이 벌어진 거라면 그
건 큰 문제다.

『네가 공공연하게 움직일 필요는 없다.』

말로 하진 않았지만 어디까지나 '사생활'을 강조하던 이아손의
얼굴을 떠올리며 카체는 뭐라 말할 수 없는 기분을 느꼈다. 한번
내려진 명령은 절대적이다. 카체에게 거부권은 없다.

당사자가 아닌 제삼자.

그렇게 생각하면서도 카체는 감정적으로 완전히 방관자가 될 수

없는 자신이 새삼 분했다.

─────◈─────

타나그라.

유피테르 타워에서 열린 정기 원탁 회의는 여느 때처럼 엄숙하게 진행되었다. 이윽고 원탁 위의 버추얼 스크린이 사라지자 그날의 일정이 모두 끝났다.

팽팽했던 공기가 순식간에 느슨해졌다.

"그런데 이아손. 그 잡종은 어때?'

문득 기드온이 물었다.

리키와 연락이 끊긴 지 3일째. 느닷없이 아무 맥락 없이 리키의 이름이 흘러나오자 이아손은 내심 혀를 차고 싶은 심정이었다.

'왜 하필이면 이런 타이밍에?'

그러나 불쾌함은 곧 다른 의문을 낳았다.

단순한 우연치고는 타이밍이 너무 좋아서 혹시 리키의 갑작스러운 실종에 기드온이 개입되어 있는 것은 아닐까 하는 생각했다.

미다스의 통괄책임자는 다름 아닌 기드온이다. 불가능한 일은 아무것도 없다.

'…설마.'

한순간 뇌리를 스치고 지나간 생각을 지워버렸다.

이제 와서 이아손을 상대로 모략을 꾸밀 생각은 없을 것이다. 기드온뿐만 아니라 다른 블론디에게도 리키는 어디까지나 '슬럼의 잡종'에 불과하다. 이례적인 특별 취급이긴 해도 그의 존재 가치는 시야 끄트머리를 더럽히는 쓰레기에 불과하다.

"어때… 라니?"

"적재적소의 효과는 있어?"

그러자 곧 라울이 한쪽 눈썹을 찡그렸다.

"기드온. 이제 와서 그 얘기를 다시 문제 삼을 생각인가?"

리키를 에오스에서 내보내는 문제에 대해서 온갖 의견이 오갔다. 이제 와서 그 얘기를 꺼내는 건 룰 위반이다.

말을 하지 않아도 라울의 생각이 훤히 들여다보았다.

"단순한 호기심이야."

하지만 기드온은 아무렇지도 않게 대답했다.

설령 '시야 끄트머리를 더럽히는 쓰레기' 같은 존재라 해도 에오스를 실컷 휘저어놓은 끝에 요란한 폭탄을 터뜨려준 이단 펫의 '그 후'에는 흥미가 있다고 말하는 듯했다.

여느 때 같으면 정기 회의가 끝나자마자 곧장 자리에서 일어서는 블론디들이 의자에 앉은 채 흥미진진하게 상황을 지켜보는 모습을 보면 아무래도 흥미를 가진 이는 기드온만이 아닌 모양이다.

"승산 없는 억지가 통용될 만큼 마켓은 호락호락하지 않아."

이아손은 지난번 라울에게 했던 말을 되풀이했다.

"사실인가? 그저 의례적으로 하는 말이 아니라?"

오르페가 슬쩍 확인했다.

"물론이지."

무능과 태만은 마켓의 적이다.

에오스에서 썩어갈 바에는 마켓에서 사육당하는 편이 100만 배 낫다고 리키는 100퍼센트 진심으로 그렇게 말했다. 그런 그에게 쓸모없고 멍청하게 구는 것은 치욕 외에는 아무것도 아닐 것이다.

이래서 '온실 속 화초'는 딱 질색이야, 라는 말은 차마 할 수 없었던 걸까.

"여전히 고집이 세군."

아이샤가 야유라기에는 지나치게 담백한 어조로 말하며 시선을 던졌다.

"악취미가 지나쳐서 이아손 밍크의 이름이 운다… 그 말인가?"

라울이 노골적으로 못마땅한 표정을 지었다.

"뭘 새삼스럽게."

아이샤의 말은 다른 모든 블론디의 마음을 대변하고 있었다.

"에오스도 그렇고 아파티아도 그렇고, 그 녀석에게는 장소만 바뀌었을 뿐 똑같은 감옥인 것 같은데?"

"목의 사슬을 늘려주는 데도 한도는 있으니까."

"타나그라의 블론디의 체면에도 한도는 있지."

"슬럼의 잡종을 상대로 요란한 스캔들이라니, 밖에 새어나가기라도 하면 블론디의 얼굴에 먹칠을 하는 것이나 마찬가지… 겠지."

어째서?

왜 이런 타이밍에 그런 말을 하는 걸까?

의미심장하다고밖에 할 수 없는 기드온의 말에 지워졌던 의심이 또다시 고개를 들었다. 물론 지나친 억측이라고 한다면 그저 그뿐이겠지만.

11장

슬럼, 서쪽 끝.

백팩을 짊어진 가이는 에어 바이크를 타고 녹지대를 질주했다. 앞을 가로막는 나뭇가지를 피하며 능숙하게 달렸다.

마치 도박 레이스에서 모터크로스 경기를 하는 듯한 기분이었다.

폐허를 배틀 모드로 꾸미고, 개조한 에어 바이크를 타고 다른 바이크와 격투하며 맹 스피드로 달리는 것이 모터크로스 배틀의 진정한 매력이지만 녹지대는 아무래도 사정이 다르다.

이게 에어카라면 밀집된 나무들 위를 가볍게 뛰어넘었겠지만⋯ 특수 가공하긴 했어도 에어 바이크에 그 정도 파워는 없다.

과거 이곳은 무혈로 자유를 쟁취한 다나 반으로 이어지는 영광의 길이었다.

지금은 그 흔적조차 찾아볼 수 없다.

영광의 케레스가 '슬럼'이라고 경멸받게 된 지 오랜 세월이 지났다. 길은 자연의 위협에 침식당해 뒤틀리고 일그러진 채 뒤덮여 있었다.

에어 바이크 한 대가 간신히 지나다닐 수 있는, 낮인데도 어두운 길. 이 일대는 이제 거의 사람의 손길이 미치지 않는 밀림 지대로 변해 있었다.

울창하게 우거진 나무들 너머 멀리 드문드문 보였다가 사라지는 것은 흰 벽의 가디언. 그곳에 눈길조차 주지 않고 가이는 서둘러 목적지를 향해 달렸다.

앞에는 버려진 건물이 있었다. 옛날에는 무슨 저장고였는지 작지만 자가발전 장치도 갖춰져 있다. 지상 부분은 심하게 붕괴되었지만 지하는 튼튼한 방공호로 만들어져서 심하게 무너지지는 않은 듯했다.

건물 자체는 노후했지만 출입문에 부착되어 있는 것은 최신식 전자 잠금장치. 그 장치만이 이질적인 기운을 풍겼다.

에어 바이크에서 내린 가이는 익숙한 손놀림으로 키패드에 비밀번호를 입력한 후 잠금을 해제했다.

그대로 지하 3층으로 내려갔다. 유난히 투박한 승강기는 본래 화물용이었는지 가이 한 사람이 타도 끄떡도 하지 않았다.

막다른 곳의 문을 열고 조용히 안으로 들어갔다.

일단 깨끗하게 청소해놓기는 했지만 방 안에는 생활에 필요한 최소한의 비품밖에 없었다. 간이침대와 테이블과 의자. 그리고 냉장고.

침대에는 리키가 잠들어 있었다.

테이블에 백팩을 내려놓은 후 가이는 천천히 걸어갔다.

리키의 모습에 변화가 없는 것을 확인한 가이는 안심한 듯 한숨을 내쉬며 그의 이마에 키스했다.

그리고 테이블로 돌아가서 백팩에서 단말기를 꺼내 스위치를 켰다. 익숙한 손놀림으로 키보드를 조작해서 디스플레이를 열었다.

그곳에는 다나 반의 겨냥도가 표시되어 있었다. 가이는 뭔가를 확인하는 것처럼 천천히, 차분하게 화면을 응시했다.

감탄의 한숨과.

교태 어린 교성.

그리고 화려한 빛의 홍수.

떠들썩한 밤의 미다스는 선명한 일루미네이션의 전시장이었다.

이아손을 태운 에어카는 천천히 하강하여 아파티아 옥상에 있는 카포트에 정지했다.

전용 자기 엘리베이터가 53층에서 멈추고 이아손이 나왔다. 보라색 머리에 얼굴 절반을 가리는 선글라스. 광택이 흐르는 로브. 아파티아를 방문할 때 이아손이 즐겨하는 스타일이다.

리키가 실종된 지 일주일.

이아손의 얼굴에도 미미하나마 감출 수 없는 초조함이 드러나 있었다.

안으로 들어가서 곧장 리키의 방으로 향했다.

침대조차 정돈되어 있지 않은 실내는 깨끗하게 정리정돈 되어 있다고는 말하기 어려웠다.

그러나 그 잡다한 모습이 오히려 리키가 남긴 여운을 느끼게 해줬다. 이 갑작스러운 실종극이 리키에게는 본의 아닌 일이었다고,

예기치 못한 일이었다고 말하듯이.

방 어디를 둘러봐도 리키의 실종을 뒷받침할 이유와 흔적은 찾아볼 수 없었다. 미다스에서 사고가 있었다는 보고도 없었다.

미다스를 빠짐없이 망라하고 있을 감시 카메라조차 리키의 자취를 찾지 못했다. 카메라 시점에는 맹점도 있고 사각도 있고 한계도 있다. 매사 만능은 아니라는 뜻이다.

펫 링의 센서를 살펴보고 알게 된 사실은 18시 23분에 리키가 티르마 가에 있었다는 것뿐. 카체의 보고에 의하면 리키의 휴대단말도 그 주변에서 발견되었다고 한다. 휴대단말은 원형을 알아볼 수 없을 만큼 파괴되어 빌딩 사이에 버려져 있었다. 당연히 GPS도 작동하지 않았을 것이다.

그 후로 링의 시그널도 소멸했다. 마치 이 지상에서 리키라는 존재가 느닷없이 사라진 듯했다.

그만큼 용의주도하게 계획해서 벌인 일이라는 뜻이다.

'밖으로 나갔나?'

한순간 그 생각이 머리를 스치고 지나갔지만 이아손은 곧 입술을 살짝 일그러뜨리며 부정했다. 그야말로 있을 수 없는 망상이다.

이아손 자신이 표적이라면 딱히 아무렇지도 않다.

일부러 원한을 살 만큼 특이한 취미는 없지만 어쨌든 원한의 대상이 될 만한 이유라면 썩어 넘칠 만큼 많다. 타나그라의 블론디라는 존재를 지워버리고 싶어 하는 자들도 있다.

그러나 타나그라가 갓 탄생했을 때라면 몰라도 요 100년 동안 엘리트를 노린 테러 따윈 단 한 번도 없었다.

살아 있는 인간은 죽어버리면 그걸로 끝이지만 인공체 엘리트를 몇 명 죽여 봤자 대신할 자는 얼마든지 많다. 전임자의 경험치마저 단 하나의 IC칩만 있으면 특화된 뇌에 데이터를 이식할 수 있다.

그런 이단과 이질이 타나그라의 본질이라는 사실을 알면 테러와 암살에 의한 '죽음의 정의' 따윈 얼마나 쓸데없는 논리인지 깨닫게 될 것이다.

그러나 시시한 소문부터 사생활까지, 정보는 온갖 곳에서 수집할 수 있다. 실제로 미다스를 방문하는 관광객 중에는 각 연방에서 보낸 첩자가 섞여 있다. 일부러 '유민'이 되어 슬럼에 섞여드는 자도 있을 정도다. 그쪽은 이아손의 관할 밖이며 쥘베르가 통괄하고 있기 때문에 자세한 것은 알 수 없지만. 리키와 이아손의 관계가 절대 밖으로 새어나가지 않았다는 확실한 증거는 이아손에게도 없었다.

신디케이트의 제왕. 그 이명을 지닌 이아손에게 슬럼의 잡종 리키는 존재 자체가 스캔들이다.

라울은 '이아손 밍크라는 이름이 운다'며 언성을 높였다.

카체는 빙 돌려서 '약점이 될 것이다'라고 말했다.

슬럼의 잡종을 펫으로 삼아 아파티아로 옮기고, 블랙마켓에서 사육하고. 아직 〈유피테르〉의 훈계는 없지만 자신이 생각해도 지나친 악취미라는 자각은 있었다. 그래도 이아손은 스스로 '인간 나부랭이'가 되기를 바랐다. 누구의 시선도 신경 쓰지 않고 리키와 같은 눈높이에서 같은 시간을 공유하고 싶어서….

거실로 돌아온 이아손은 소파에 깊숙이 등을 파묻고 반쯤 무의식적으로 손가락의 반지를 만지작거렸다.

도발인가.

협박인가.

아니면 뭔가 다른 속셈이라도 있는 걸까.

실종의 윤곽조차 파악할 수 없는 것이 불안했다. 펫 링의 추적 장치도 아무 도움이 되지 않는다. 손쓸 방도가 아무것도 없다는 사실에 초조함만 쌓였다.

리키를 데려간 자는 아무런 요구조차 해오지 않았다. 마냥 기다리기만 해야 하는 속이 타들어 갈 듯한 초조함. 그 초조함이 머릿속을 바늘로 찌르는 듯한 아픔을 불러일으켰다.

24시간 잠들지 않는 거리.

그것이 미다스의 표어다. 갈란 성계 변경임에도 불구하고 이곳은 온갖 인종, 즉 이종족의 견본 시장이기도 하다. 모습은 물론 언어도, 종교도, 가치관도. 이곳에서는 모든 쾌락을 돈으로 살 수 있다.

미다스에서 정한 규정만 엄수하면 욕망은 충족된다.

그리고 충족된 욕망은 또 다른 욕심을 낳는다.

그런 북적거리는 인파를 능숙하게 피하며 가이는 무료 단말 박스 문을 열고 안으로 들어갔다.

순간 안이 훤히 보였던 무색투명한 강화 유리가 순식간에 불투명한 편광판으로 변해 박스 안이 보이지 않게 되었다. 외부의 소음도 지금은 완벽하게 차단되어 있었다.

가이는 먼저 단말 코드로 아파티아를 검색하여 방의 번호를 지정한 후 음성 모드로 전환했다.

그때.

느닷없이.

거실에 놓인 전화기가 울렸다.

반사적으로 고개를 든 이아손은 곧 전화로 달려갔다.

화면에 표시된 것은 낯선 발신 코드. 하지만 그곳에는 발신자의 퍼스널 넘버 'Z-107M'이 표시되어 있었다.

리키가 아닌 등록 펫 넘버.

그것은 대체 무엇을 의미하는 걸까.

보란 듯이 도발하는 것일까.

아니면 무언의 협박일까.

아니면 어떤 신호일까.

이아손은 아주 천천히 수화기를 들었다.

"누구냐?"

한순간 기묘한 침묵이 흘렀다.

단순한 침묵이 아니라 마치 이아손의 목소리에 반응하는 듯한 작은 숨소리가 들려오는 공백.

"리키, 냐."

『안타깝게도 아니야.』

'……! 이 목소리는…'

가이였다.

틀림없다.

이아손의 얼굴이 순식간에 험악해졌다.

"리키를, 어떻게 한 거냐?"

가장 염려했던 것을 물었다. 그러나.

『당신에게 돌려주고 싶은 게 있어.』

낮게 억눌린 목소리에는 흔들림이 없었다.

"리키는 어디 있나."

협박이 담긴 나지막한 목소리도.

『결판을 내지.』

마치 들리지 않은 것처럼 묵살했다.

『수요일, 오후 3시. 다나 반 정문. 늦지 마.』

쓸데없는 말은 일절 없이 용건만 명확하게 밝힌 후 전화는 느닷없이 끊겼다.

뚜― 뚜― 뚜…….

귀에 거슬리는 소음만이 울려 퍼졌다.

"가이… 였나."

혼잣말처럼 중얼거리며 수화기를 내려놓은 이아손은 무서울 만큼 무표정했다. 지금까지의 '인간다움'을 지워버린 조각상처럼.

완전히 노마크였다.

아니, 부주의했다.

실책이었다.

냉정하게 생각해보면 아파티아에서 그토록 비극적인 장면을 연출했다. 블랙리스트 제일 첫머리에 그 이름이 올라가도 이상할 것은 없다.

그런데 그 가능성을 조금도 떠올리지 않았다.

어째서?

리키 이외의 잡종 따위는 전혀 안중에 없었기 때문이다.

슬럼의 잡종에게 이토록 엉뚱한 짓을 벌일만한 배짱과 그걸 실행에 옮길 만한 근성이 있으리라고는 생각지도 못했기 때문이다.

키리에와 관련된 사건을 조사하기 위해 닐 다트의 지코를 찾아가고 아파티아까지 쳐들어온 것은 두려움을 모르는 만용에서 비롯된 행동이었다. 자신들이 아무 자각 없이 무슨 지뢰를 밟고 있는지도 모르는 무지한 애송이 집단. 나름대로 쓸만한 머리와 실행력을 어설프게 겸비하고 있었기에 그들은 상식을 뛰어넘는 무모한 짓을 벌일 수 있었다.

그러나 아파티아에서 진실과 현실의 갭을 목격한 후로는 날카로운 만용의 칼날도 무뎌지고 시들어버릴 것이다. 그렇게 생각했다.

누구나 자기 자신이 제일 소중하다. 바이슨 멤버들이 아무리 단단한 유대감으로 이어져 있다 해도 그 사실은 변함없다.

쓸데없이 엉뚱한 상대를 물어뜯으면 생각지도 못한 큰 상처를 입는다. 키리에라는 실제 사례가 좋은 교훈이 될 것이다. 이아손은 그렇게 믿고 있었다.

그러나 아무래도 슬럼의 잡종은 예측할 수 없는 생물인 모양이다.

단말로 협박 메일을 보내는 게 아니라 일부러 약 올리듯 리키의 등록 펫 넘버를 사용해서 전화를 걸 줄이야. 이름은 밝히지 않았지만 정체를 숨길 생각은 전혀 없이 정면으로 이아손에게 싸움을 걸어온 것이다.

'그렇군. 내 상대로 부족함은 없다는 뜻인가.'

이아손의 입꼬리가 살짝 휘었다. 칼날 같은 냉소였다.

———— ❖ ————

단말 스위치를 끈 후, 가이의 입에서 무의식적으로 한숨이 흘러나왔다.

설마 느닷없이 정면으로 승부하게 될 줄은 생각도 못했다.

"타이밍이 좋은 건지, 나쁜 건지."

혼잣말을 중얼거리는 가이에게 특별히 비장감은 없었다.

한마디로 늦은지 빠른지의 차이일 뿐이니까.

케레스에서 사용하는 휴대 전화는 지역 한정이기 때문에 미다스에서는 쓸모가 없다. 슬럼의 주민이라면 누구나 알고 있는 상식이다.

미다스 공식 지도에서 영구 말소된 케레스는 말하자면 통신 네

트워크에서 차단된 육지의 고도다. 미다스 측에서는 항상 방해 전파가 흘러나오는 상태이며 어떠한 전파도 정보도 닿지 않는다.

만약을 생각해서 리키의 휴대 단말기는 그 자리에서 곧바로 부숴버렸다. 발신기를 겸한 듯한 펫 링만은 어쩔 수가 없어서 센서 방해 장치를 직접 리키의 바지에 붙인 후 그대로 다나 반으로 데려왔다.

아파티아의 그 방에 음성 메일을 남기기 위해서는 일부러 미다스까지 나와야 했다. 관광객들을 위한 무료 단말 박스에서 접촉한 것은 단순히 아파티아의 음성 메일 코드를 몰랐기 때문이다.

가이의 당초 예정은 음성 메일에 용건만 남기는 것이었다.

'수요일. 오후 3시. 다나 반 정문'.

딱히 정체를 감추고 싶은 마음은 없었기 때문에 음성변조기도 사용하지 않았다.

'Z-107M'.

그걸로 충분히 의미가 전해질 거라고 생각했기 때문에 굳이 이름을 밝힐 필요성도 느끼지 못했다.

그러나.

설마.

느닷없이 이아손 본인이 전화를 받을 줄이야.

역시 약간… 동요했다.

『누구냐?』

강한 경계심이 담긴 목소리였다.

『리키. 냐.』

그러나 리키의 이름을 부르는 순간 살짝 바뀌었다.

그것이 어째서인지 몹시 신경을 건드렸다. 얼굴에 흉터가 난 남자가 친밀하게 리키의 이름을 불렀던 그때와 마찬가지로 몹시 거슬리는 기분이었다.

가이가 모르는 리키의 3년간의 공백. 그동안 계속 리키를 독점했던 절대 권력자. 아니, 리키를 능욕하고 장난감으로 만들었다고 생각하면 그것만으로도 머릿속이 차갑게 얼어붙었다.

그래서 오히려 대담해졌다. 아이러니하다면 아이러니한 일이다.

어쨌든 이제 주사위는 던져졌다.

설령 이 앞에 어떤 결말이 기다리고 있다 해도 이제는 앞으로 나아갈 수밖에 없다.

12장

케레스, 서쪽 끝.

아침 햇살이 비치는 검은 숲은 지독히 고요했다.

현재 가이가 사용하고 있는 아지트는 그 숲 속에 파묻혀 있었다.

아무도 이곳을 모른다. 전 바이슨의 멤버들조차 알지 못한다. 아주 오래전에 버림받아 누구의 기억에서도 사라진 존재다.

태양의 빛마저 차단된 지하 3층.

가이는 바닥에 매트리스를 깔아서 급조한, 침대라고도 할 수 없는 침상에서 잠시도 눈을 붙이지 않고 밤을 지새웠다.

실내등을 최소한으로 줄인 불빛 속에 간이침대의 그림자가 보였다.

가이는 느릿느릿 일어서서 침대로 걸어간 후 사랑스러운 듯 몇 번이나 리키의 앞머리를 쓸어 올리고 그 뺨에 마음을 담아 입을 맞췄다.

그리고 깊은숨을 들이마신 후 흔들림 없는 결의가 담긴 눈빛으로 조용히 방을 나갔다.

그날.

다나 반에 관한 여러 가지 정보를 훑어보고 일단 지식을 머릿속에 집어넣은 후 이아손은 지하도로 내려갔다.

에어카를 타고 가면 시간상으로도 거리상으로도 목적지까지 최단으로 갈 수 있다. 그러나 케레스와의 경계선에는 센서가 설치되어 있다. 그곳을 에어카로 침범하면 곧바로 미다스의 시큐리티가 반응한다. 그 상황은 피하고 싶었다.

이번 일은 지극히 사적인 일이다. 최대한 사람들의 눈을 끌지 않고 다나 반까지 가고 싶었다.

'카라자'는 타나그라가 자랑하는 지하교통망이다. 유사시에 대비하여 긴급피난용 지하 방공호도 완비되어 있다. 따라서 대외적으로는 공개되지 않은 터널이었다.

철저한 기능미를 살린 자동 제어 캡슐 카 내부는 널찍해서 장신의 이아손이 좌석에 앉아도 충분히 여유가 있고 밀실의 압박감이 느껴지지 않았다.

문이 닫힘과 동시에 단말 디스플레이가 켜졌다. 이아손은 ID넘버를 입력했다.

인증 신호가 깜빡였다.

"미다스. 에어리어—7, 하베이."

명확한 어조로 행선지를 밝히자 차내 조명이 꺼지고 캡슐은 조금의 흔들림도 없이 천천히 떠올랐다.

시트가 자동으로 리클라이닝 모드로 변했다.

캡슐은 그대로 미끄러지듯 부드럽게 단숨에 속도를 높였다.

타나그라에서 미다스로 끝없이 이어지는 어둠의 터널을 질주했다. 에어리어마다 색깔별로 구분된 터널의 조명이 노란색에서 푸른색으로 바뀌고, 이윽고 부드러운 커브를 그리며 붉은색으로 변했다.

그리고 곧 캡슐은 아주 작은 흔들림도 없이 조용히 정지했다.

"미다스. 에어리어—7 하베이입니다."

감정이 실리지 않은 음성이 자동으로 도착을 알렸다.

문이 열렸다. 이아손은 천천히 캡슐에서 내렸다.

에어리어—7 '하베이'는 미다스 시민을 위한 요양소다. 전용 의료 체재도 완비되어 여행을 보내기 위한 특별 거주 구역이다.

악덕.

퇴폐.

인권 유린.

미다스에 대한 공공연한 비판은 한결 잦아들었지만 완전히 사라진 것은 아니다.

기계가 인간을 지배하고 예속하는 것. 일반적으로 휴머노이드라고 불리는 계열뿐 아니라 지성을 지닌 모든 유기체에게 타나그라는 오직 혐오와 위협의 대상일 뿐이다.

예를 들어 실제로 피해는 없더라도 장래에는 '그렇게 될지도 모른다'. 이단의 존재는 힘으로 섬멸해야 한다는 것이 모든 이들의 공통된 생각이었다.

AI에 의한 범용 네트워크는 온갖 은하계를 망라하며 계속해서 진화하고 있다. 이제는 일반 시민들조차 네트워크가 없는 생활은 생각할 수 없을 정도다.

그 때문에 스스로를 '창조주'라고 부르는 미치광이 AI가 언제 자국을 침략할지도 모른다는 공포는 이데올로기를 초월한 전 우주의 공통된 위협이었다.

그러나 어느 연방에도 소속되지 않고, 어떤 협박에도 굴하지 않으며, 내정 간섭을 거절하면서도 어디까지나 '중립'을 내세우는 타나그라는 다른 의미로 무시할 수 없는 존재였다.

가장 큰 이유는 군사력도 아니고 정치력도 아니다. 생명 과학이 매우 발달되어있기 때문이다.

어떤 종교에도 계율과 금기는 존재한다. 따라서 그 이름을 빌린 선민의식과 배타주의는 사라지지 않는다. 평화적 인권 옹호 단체의 고매한 사상과 발언력에도 한계가 있다.

그런 그들이 아무리 라울 암을 '신을 두려워하지 않는 매드 사이언티스트'라고 손가락질한다 해도 의미가 없었다.

「생명의 신비에 이미 신의 영역 따위 없다.」

라울은 그렇게 호언하고, 실천하고, 그 성과를 유감없이 과시했기 때문이다. 그런 자에게는 아무도 이길 수 없는 법이다.

미지의 진상을 규명하고 해답을 얻기 위해서라면 금기도 가책도 없는 것이 블론디의 특징이다. 그들은 병원균이 만연한 대지에 특무 의료 팀을 이끌고 당당하게 나타나서 그 병을 근절시키기 위해

최대한 노력을 아끼지 않는다. 병마에 시달리며 죽음을 기다리는 자들에게는 라울이야말로 진정한 구세주로 보일 수밖에 없다.

설령 그 의료 행위가 현지 조달 인체 실험이라고 불린다 해도 죽음에 직면한 인간을 멀리 높은 곳에서 내려다보며 지껄이는 정론 따윈 아무 의미도 없다. 라울은 그 현실을 잘 파악하고 있었다.

죽어가는 자들을 모두 구할 수는 없다. 그러나 헛되이 죽게 하지는 않는다.

그 신념은 그 어떤 유명한 종교인이 속삭이는 '마음의 안녕'과 '영혼의 구원'보다도 진지한 설득력이 있었다.

정치적인 줄다리기보다는 눈에 보이는 실행력. 그것은 라울뿐 아니라 타나그라 전체의 방침이며 그 결과 지금의 타나그라가 있다 해도 과언이 아니다.

그러나 미다스 시민이 절대 신분 제도에 얽매여 자유롭게 직업을 선택할 권리조차 없는 가축 신세라는 딱지는 뿌리 깊게 박혀있다. '하베이'는 그 악평을 일소하기 위한 선전 용도로 만들어졌다.

입주자는 모두 평온하고 다툼 없이 여생을 즐기고 있다. 미다스 시민은 누구나 범죄를 저지르지 않는 한 언젠가 이곳에 입주할 수 있다고 믿고 있다. 실제로도 해마다 수십 명 단위로 그 '영예'를 허락받고 있다.

그러나 잘 관찰해보면 충만하고 온화한 웃는 얼굴이 모두 획일적이라는 사실을 눈치챌 수 있을 것이다. 신참의 숫자만큼 어느샌가 고참의 얼굴이 사라진다는 사실도. 물론 그 사실을 지적할 수 있는 자는 입주자 중에 아무도 없다.

미다스 시민이 갈망하여 마지않는 '하베이'는 한마디로 '그런 곳' 이었다. 슬럼의 주민들에게 '다나 반'이 무너진 꿈의 잔해라면 이 곳은 평온한 죽음을 기다리는 자가 모이는 유사 낙원이다.

그것이 높이 10미터 정도의 강철 벽으로 격리된 폐허 다나 반과 등을 맞대고 있는 것이다.

얼핏 보기에 이토록 대조적인 광경은 없다. 그러나 그것이 조금 도 기묘하지 않은 것이 오히려 으스스한 인상을 풍겼다.

하베이는 적막에 감싸여 있다. 슬럼이 뿜어내는 무기력함과는 이질적인, 메마른 정적이었다.

———✲———

미다스 표준시 14:53

다나 반 정문.

폐허로 변한 빌딩 숲에는 정적이라기보다는 황폐한 침묵으로 가득 차 있었다.

방치된 과거의 영광.

무참하고 무겁기만 한 시대의 상징.

세월의 흐름은 너무나도 무정했다.

지정된 곳에 우두커니 서서 이아손은 홀로 유유히 기다렸다.

어딘가에서 반드시 가이가 지켜보고 있다. 그렇게 생각했다.

리키의 실종극을 꾸민 자가 가이라는 사실을 알았으니 해결할 방법도 눈에 보인다. 적어도 리키가 무사한지 걱정할 필요는 없다.

남은 건 가이가 어떻게 나오느냐에 달려 있다.

지정 시각인 15시를 조금 지났을 무렵, 게이트 후방의 빌딩 뒤에서 가이가 나타났다.

"정각에 나타났군. 좀 더 애태울 줄 알았는데."

이아손은 진심 섞인 빈정거림을 던지며 가이를 응시했다.

"내가 당신인 줄 알아? 난 그렇게까지 악취미는 갖고 있지 않아."

가이가 코웃음을 치며 말했다. 이렇게 된 이상 쓸데없이 예의를 차릴 필요는 없다… 고 말하는 것처럼.

"남의 펫을 무단으로 데려간 것은 충분히 악취미라고 생각한다만?"

"누가 들으면 오해할 소리 하지 마. 합의하에 한 짓이었어."

"말도 안 되는 소리. 네가 협박하건 울며 매달리건 리키가 잠자코 따라갈 리 없다. 실신이라도 하지 않는 한."

이아손이 단호하게 말했다. 그 추측도 완전히 틀린 것은 아니다.

자신의 안위를 위해서가 아니다. 리키는 가이와 전 바이슨 멤버들의 안전을 가장 중요하게 생각하고 있다. 둘 사이에 어떤 대화가 오갔는지는 모르지만 가이가 아무리 애원해도 리키는 절대 넘어갈 리 없다. 그것만은 확고한 자신이 있다.

바꿔 말하자면 그것은 리키와 관련된 일에 이아손이 얼마나 냉혹해질 수 있는지 말해주는 증거이기도 하다.

"대단한 자신감이군. 듣기 역겨울 정도야."

가이는 험악하게 눈썹을 찡그렸다.

"확실한 근거가 있기 때문이다. 너도 그 눈으로 확인했을 텐데?"

이아손은 태연하게 말했다.

뼛속까지 주입당한 습성은 조건 반사가 아니라 자각 없는 본능에 가깝다. 펫 링이 주는 아픔과 이아손이 손수 길들인 쾌락에 굴복한 것처럼 보여도 리키의 본질은 아직 야성이다. 이아손의 생각대로 무너지지는 않는다.

그런 점이 사랑스럽다는 말은 입이 찢어져도 할 수 없지만.

이아손은 리키를 길들이기까지 3년이 걸렸다고 생각했지만 리키최대의 약점은 바로 슬럼에 있었다.

지키고 싶은 것.

잃을 수 없는 사람.

완전히 버릴 수 없는 것.

가이는 자신의 진정한 가치를 모른다. 모르기 때문에 이런 무모하고 강경한 수단을 선택할 수 있었던 것이다.

물론 그 진실을 가이에게 가르쳐줄 생각은 조금도 없지만.

가이는 굳이 반론하지 않았다. 그저 노려보고 있었다. 분노보다증오가 타오르는 눈동자로….

원래 이아손은 새삼 가이를 회유할 생각 따윈 없었다. 그게 가능하다고 생각하지도 않지만.

가이의 입장에서 보면 충분히 이아손의 태도는 아니꼬울 만큼여유만만하게 보일지도 모른다.

아무리 미워해도 부족한 오만한 절대 권력자.

그러나 '절대 권력자'라는 말은 알고 있어도 그 진정한 의미는 이해하지 못하고 있었다. 과거 리키가 아무것도 모르고 무덤을 판 것처럼.

그러나 이아손에게도 절박한 사정이 있다.

블론디로서 '유피테르'에게 지켜야 할 충절이 있다.

라울이나 다른 블론디들과 매듭지어야 할 문제가 있다.

그리고 무엇보다도 블랙마켓의 총괄자로서 본보기를 보여야 한다.

그러기 위해 리키를 버린다는 선택지는 이미 오래전에 포기했다.

타나그라의 블론디에게 흔들림 없는 자부심과 긍지가 있어도 딜레마는 없다. 아니, 감정의 흔들림 따윈 있어서는 안 된다. 그래서 이아손은 스스로 타락했다. 평범한 인간 나부랭이로….

그 때문에 이아손은 가이의 초대에 응한 것이다.

일을 크게 만들고 싶지 않다는 생각 뒤에는 최소한의 대가를 치르고 막고 싶다는 타산이 숨어 있었다. 화근의 싹은 미리 잘라 버려야 한다. 그것이 대전제였다.

대치하는 두 사람은 대조적이었다.

아무 말 없이 노려보는 가이는 격정을 숨기려 하지도 않았다. 그에 비해 유유히 위에서 아래를 내려다보는 이아손은 표정마저 변함이 없었다.

침묵의 온도차는 곧 인생 경험치의 차이이기도 하다.

먼저 초조해진 것은 가이였다.

가이가 날카로운 눈빛으로 턱짓을 했다. 그 재촉에 따라 이아손은 천천히 걷기 시작했다.

서쪽으로 기울어가는 태양 아래 늙고 추한 몸뚱이를 드러낸 금지 구역은 사람들의 발길이 끊긴 지 오래였다. 그러나 그곳에는 경고문 하나 보이지 않았다. 존재하는 것은 오직 세월에 파묻혀 구제할 길 없는 적막함뿐이었다.

그보다 더욱 싸늘하게, 험악한 독을 흘리는 것처럼 두 사람은 걸었다.

가이는 어깨에 잔뜩 힘을 주고 입을 꾹 다문 채 이아손을 한 번도 쳐다보지 않았다. 그 뒷모습을 응시하며 걷는 이아손의 얼굴도 평소보다 더욱 냉랭했다.

메인 게이트에서 곧바로 뻗은 도로를 비스듬하게 가로질러 황폐하고 먼지가 가득한 통로를 5분 정도 걷자 왼쪽에 마치 그곳만 압축해놓은 것처럼 납작한 건물이 있었다.

견고하다는 말밖에 떠오르지 않는 그 건물에는 창문 하나 없었다. 그래도 시간의 흐름을 거스를 방도는 없는 것일까, 유일한 출입구인 게이트는 녹이 슬어 반쯤 열려 있었다.

시큐리티 패드는 변색된 채 방치되어 있었고 사용할 수 없는 개폐용 레버 위에는 간신히 '위험·출입 금지'라는 문자가 보였다.

그러나 앞장서서 걷는 가이의 발걸음에 망설임은 없었다.

게이트를 지나자 내부는 어두컴컴했다.

공기는 싸늘했지만 생각했던 것만큼 탁하지는 않았다. 센서 감지에 의한 조명이 가동되는 것을 보면 파기되어 소용없어진 만큼 동력원도 에너지 절약 모드로 바뀌어, 이 시대까지 살아남은 걸지도 모른다.

바닥은 완만한 경사를 그리고 있었다.

지하로 화물을 운반하기 위한 화물 반입구였던 모양이다. 그 때문에 폭도 충분히 넓었다.

두 사람은 발소리를 울리며 나선형으로 이어지는 슬로프를 천천히 내려갔다.

가이는 시선을 한 점에 고정시킨 채 한 번도 뒤를 돌아보지 않았다. 격해진 감정과 세차게 뛰는 박동이 가라앉을 때까지 말을 하기는커녕 눈을 맞추고 싶지도 않은 모양이다.

지하 3층에서 걸음을 멈춘 후 가이는 벽의 스위치를 켰다. 수납고 강철 셔터를 열 때도, 십자로에서 오른쪽으로 꺾어질 때도 마찬가지였다.

그리고 초라하고 지저분한 문 앞에 도착했을 때, 가이는 겨우 뒤를 돌아보며 아무렇게나 턱짓을 했다.

이아손은 가이가 재촉하는 대로 먼저 실내로 들어갔다.

그 뒷모습을 노려보며 가이도 뒤따라 들어와서 뒤로 손을 뻗어 문을 강제로 잠갔다. 이걸로 무슨 일이 있어도 문은 열리지 않는다.

'좋았어.'

가이는 내심 안도의 숨을 내쉬었다.

이아손은 천천히 시선을 움직였다.

얼룩이 묻은 회색 벽.

간이 테이블과 의자.

방구석에 방치된 매트리스.

바닥에 굴러다니는 음료수 병.

확실히 누군가가 이곳에 있었다는 흔적을 확인한 후 이아손은 가이를 돌아보았다.

"설마 이런 곳에 리키를 가뒀던 건 아니겠지."

"슬럼의 잡종에게 아파티아는 어울리지 않아."

"블론디의 펫에게는 어울린다고 생각한다만?"

그럴 수만 있다면 리키를 에오스에서 내보내고 싶지 않았다. 그 것이 이아손의 거짓 없는 진심이었다. 아파티아는 이아손의 영역 밖이다. 가이와 멤버들이 직접 아파티아로 쳐들어온 후에는 더더욱 그 사실을 통감했다. 그 결과가 이 꼴이다. 그야말로 통한의 극치였다.

"얼마에 팔래?"

재킷 주머니에 손을 넣은 채 가이가 물었다.

이아손은 입가에 냉소를 지었다.

"착각하면 곤란해. 얼마에 '사겠느냐'겠지. 이럴 경우 그게 공갈 협박을 하는 자의 상투 수단 아닌가?"

말없이 바라보는 가이의 눈빛이 강렬했다.

가이의 진의가 어디에 있다 해도 이아손에게는 증오스러운 협박범이다. 그 이상도 그 이하도 아니다. 아직까지는….

"그리고 너는 돌려줄 것이 있다고 말했다. 뭘 원하지?"

가이는 대답하지 않았다. 불쾌한 듯 입을 굳게 다물고 있을 뿐.

"돈? 직업? 아니면 ID를 원하나?"

리키에 대한 집착을 생각하면 그런 걸로 쉽게 해결될 수 있으리라고는 도저히 생각할 수 없었지만 리키를 되찾을 수 있다면 이아손은 아무것도 아깝지 않았다.

최우선은 리키를 무사히 확보하는 것. 그 후의 일은 모두 끝난 후에 처리해도 상관없다.

가이는 울컥한 표정을 숨기려고도 하지 않았다.

"키리에는 너를 팔아넘길 때 솔직하게 원하는 걸 요구했다. 정말 시원시원하더군."

설령 그것이 자신의 입장을 파악하지 못한 오만불손한 행동이었다 해도.

씨앗을 뿌린 것은 이아손이었지만 키리에는 철저하게 자신의 욕망에 솔직했다. 아니, 탐욕스럽기조차 했다. 결국 그 때문에 무덤을 파긴 했지만.

"쓸데없이 체면 차릴 필요 없다. 비장의 카드는 네가 쥐고 있으니까. 마음대로 제시해봐라."

"여유만만하군."

가이는 짧게 내뱉으며 살짝 몸을 움직였다.

"솔직히 말해서 난 이렇게 될 줄은 몰랐어."

이아손은 한쪽 뺨을 일그러뜨리며 냉소했다. 그야말로 언행불일치였다.

"당신은 블론디잖아. 블론디의 특권으로 밀어붙여서 슬럼 전체를 뒤집어엎거나 험상궂은 놈들을 투입해서 사람들을 괴롭힐 줄 알았거든. 어떻게 나올지 흥미진진했는데."

그게 진심이라면 꽤나 이기적이다. 키리에가 준 교훈은 전혀 효과가 없었던 모양이다.

"리키 녀석이 잔뜩 겁을 줬거든. 내가 한 짓은 당신의 뺨을 때린 정도가 아니라 블론디의 높으신 프라이드에 소변을 갈긴 거나 마찬가지라고."

그것참 듣기 거북한 말이다. 본래 맞는 말이란 그런 법이다.

이아손은 내심 엷게 웃었다. 리키는 어디에 있어도 리키라는 실감이 들었기 때문이다. 그 말 너머에 리키와 가이의 뚜렷한 온도차를 느끼며 이아손은 만족했다.

"그래서 말해줬지. 자만심도 도가 지나치면 열 받는다고. 당신에게 장난감 취급을 당하면서 그 녀석은… 뿌리까지 썩어버렸어."

잔뜩 굳어서 일그러진 입술이… 그의 참을 수 없는 분노를 말해주는 것 같았다.

억누르려야 억누를 수 없는 격정의 파동이 가이를 중심으로 소용돌이치고 있었다. 리키와는 확연하게 다르지만 이아손은 그곳에서 동질의 색을 본 듯한 기분이 들었다.

풋내 나는 정의감.

독선적인 참견.

역겨운 자기기만.

그것만으로는 치부해버릴 수 없는 강렬한 감정. 마치 페어링 파트너의 유대라는 것을 과시당한 듯한 기분이었다.

순간 '가슴속'이 욱신거렸다.

단순한 착각이 아니다. 진짜가 아닌 환통. 치밀하기 그지없는 인공체에 그런 결함이 있을 리 없는 것은 잘 알면서도 이아손은 분명 아픔의 신호를 느꼈다.

바보 같은 것도 정도가 있다.

그래도 이성적으로 잘라버릴 수가 없었다.

"당신… 날 바보 같은 녀석이라고 생각하지? 슬럼의 잡종이 블론디를 상대로 미쳐 날뛰다니 말이야."

두 눈을 날카롭게 이글거리며 가이는 낮게 으르렁거렸다.

"하지만 쓰레기에게도 쓰레기 나름대로 의지가 있는 거야."

부정은 하지 않는다.

무너지지 않는 자긍심이 어디에서 비롯된 건지는 별개로 치고, 그 가장 강한 의지를 지닌 자에게 이아손은 매료되고 있었으니까.

"인간은 각오를 굳히면 뭐든지 할 수 있어. 당신과 한판 붙을 수도 있지."

무슨 근거로 그렇게 생각하는지는 모르겠지만 이아손의 입장에서는 일방적으로 그렇게 선언해봤자 우스울 뿐이었다.

"그 배짱만은 칭찬해주지. 조금 화가 나긴 하지만."

"그건 내가 하고 싶은 말이야. 당신은 내 가장 소중한 걸 빼앗았으니까."

"서론은 그쯤 해두지. 시간 낭비니까. 리키는 어디 있나?"

"재촉하지 마. 비장의 카드는 마음대로 꺼내도 된다면서? 이 기회에 묻고 싶은 게 아주 많거든."

여기까지 와서 가이는 아직 뜸을 들이려고 하는 것일까. 사납게 치뜬 눈꼬리에는 이제 뻔뻔함마저 느껴졌다.

"미안하지만 계속 널 상대해줄 생각은 없다. 리키를 어디에 숨겼나?"

"왜 그렇게 생각하지?"

이아손은 천천히 팔을 들었다. 정밀하게 세공된 손목의 팔찌에는 펫 링의 반응을 나타내는 신호가 점멸하고 있었다.

"호오, 그런 식으로 작동하는 건가? 리키가 겁먹을 만하네."

입으로는 그렇게 말하면서도 가이는 그다지 놀라지 않은 눈치였다. 그뿐인가, 씨익 코웃음을 쳤다.

그 태도가 몹시 거슬렸다.

아니, 화가 났다.

돌변이라고 할 만한 가이의 태도.

어째서?

지금… 일까?

그 사실에 무슨 의미가 있는 걸까.

알 수 없다.

그렇다고 주도권을 넘겨줄 생각은 없었다.

"네가 그렇게 나온다면 나도 마음대로 하겠다."

"예를 들면?"

자못 깔보는 듯한 어조였다.

이아손은 성큼성큼 단숨에 다가가서 한쪽 팔로 가이의 멱살을 잡고 그대로 들어 올렸다.

팔다리를 버둥거리는 가이의 얼굴이 차츰 붉게 달아올랐다. 그러나 이아손은 손을 늦추지 않았다.

"예를 들면 이렇게 발버둥 치다가 죽는 건 어떨까?"

식은땀을 흘리며 가이는 필사적으로 입을 뻐끔거렸다. 그 입술이 파랗게 질려서 경련하기 시작할 무렵, 이아손은 느닷없이 손을 놓았다.

몸을 지탱하던 힘이 사라지자 털썩… 가이는 허리부터 바닥에 떨어졌다.

커헉. 목에서 거친 숨소리가 흘러나왔다. 어깨와 가슴뿐 아니라 온몸을 들썩거렸다. 생리적인 눈물과 콧물을 삼키며 가이는 격렬하게 기침을 터뜨렸다.

"잃을 게 없는 최악의 쓰레기라도 목숨은 아깝겠지? 더 이상 건방진 소리를 지껄이면 다음에는 정말로 숨통을 끊어주마."

낮고 조용하게, 차갑게 얼어붙을 것 같은 위협을 담아 이아손은 협박했다.

"돌려주실까. 그 녀석은 나의 펫이다."

기침하고.

토하고.

눈물인지 콧물인지 침인지 구분할 수 없게 된 얼굴을 팔로 닦으며 가이는 기어가듯 테이블 아래로 들어갔다.

그리고 테이블 뒤에 붙여놓은 케이스를 움켜쥐고 잡아 뜯은 후 이아손의 발밑에 던졌다.

별로 특별할 것 없는 작은 파란 상자.

이아손은 가이를 노려보았다.

"무슨 짓이냐?"

가이는 날카로운 눈빛으로 그 물음에 대답할 뿐이었다.

천천히 허리를 굽혀서 이아손은 그 상자를 주워들었다.

얼핏 보기에는 미다스 어디에서나 팔 법한 지극히 평범한 상자 같았다. 하지만 아무 의미 없이 이런 물건을 던지지는 않았을 것이다.

이아손은 천천히 상자를 열었다.

순간.

이아손의 두 눈이 커졌다. 평소의 이아손답지 않게 경악에 찬 눈빛으로.

가이는 내심 싱긋 웃었다. 이중의 의미로.

이 얼굴이 보고 싶었다. 여유만만하고 오만한 얼굴이 일그러지고 얼어붙는 것을. 그것만으로도 가이는 크게 만족했다.

그리고 이아손이 그 케이스를 연 순간, 또 하나의 장치에 신호가 전송된다. 종말의 카운트다운이 시작된 것이나 마찬가지다.

케이스 안에 들어있는 것은 리키의 펫 링이었다.

잘못 볼 리가 없다. 이아손이 리키를 위해 주문한 D타입의 특별 주문품.

특수 금속으로 만들어진 그 링은 레이저 커터로도 자르기는커녕 흠집 하나 낼 수 없다. 이아손 외에는 아무도 뺄 수 없다.

그랬어야 한다.

그렇다. 링을 끼운 성기째 잘라내지 않는 한….

유일한 방법을 떠올리고 이아손은 창백해졌다.

그럴 리가.

…설마.

……거짓말.

소리 없는 신음을 삼키며 이아손은 잡아먹을 듯이 케이스 안의 링을 응시했다.

"확실하게 돌려줬다. 이제 리키에겐 더 이상 볼일이 없겠지."

충격으로 마비된 뇌수를 움켜쥐는 것처럼 가이의 말이 머릿속에 꽂혔다.

"장난감을 끌어안지 않으면 잘 수 없는 나이도 아니잖아. 그래도 혼자 자는 게 정 쓸쓸하다면… 다른 녀석을 기르도록 해."

통렬하기 짝이 없는 비아냥이었다.

아니. 그것은 증오가 담긴 조소일지도 모른다.

상자를 움켜쥔 손이 잘게 떨렸다.

어금니가 으드득 울렸다.

치밀어 오르는 분노가 시야를 태우고 뇌가 폭발할 것만 같았다.

지금까지 이토록 격렬한 감정을 느껴본 적은 없었다. 분노라는 정의마저 그와는 거리가 멀었다.

"발신기를 겸한 링은 특별 주문품이라서 레이저 커터로도 자를 수 없다면서? 그 링이 몸을 조이고 있는 한 리키는 당신에게서 벗어날 수 없어. 도망칠 수 없어. 그래서 내가 빼준 거야."

가이의 얼굴은 추악하게 일그러져 있었다.

승리에 찬 우월감 따윈 어디에도 없었다. 존재하는 것은 그저 이아손에 대한 증오뿐이었다.

"아파티아의 그 집에서 당신이 질릴 때까지 리키를 장난감으로 삼다니… 난 그런 건 절대 용서할 수 없어."

"이… 자식… 죽여 버리겠다."

이성도 긍지도 모두 버리고 이아손은 광폭한 눈빛으로 으르렁거렸다.

"그 말, 두 배로 되돌려주지. 리키는 넘겨줄 수 없어. 네놈에게만은 죽어도 넘겨줄 수 없어!"

가이는 살기마저 담긴 목소리로 내뱉었다.

그래도 반쯤 무의식적으로 주춤거리며 뒤로 물러선 것은 조금 전의 데미지가 완전히 회복되지 않았기 때문만은 아니었다. 이아손의 얼굴에서, 목소리에서, 속임수가 아닌 찌릿찌릿 마비될 듯한 살기가 느껴졌기 때문이다.

잡종에게는 잡종의 의지가 있다. 설령 상대가 타나그라의 블론디라 해도 근성으로 승부하면 막상막하. 불가능한 일은 아무것도 없다.

마음은 절대 지지 않는다.

그렇게 생각했다.

그러나 이 순간. 가이는 문득 착각을 느꼈다.

왜?

어째서?

이자는 이토록 분노하는 걸까.

얄미울 정도로 여유만만한 가면이 예상치 못한 경악으로 벗겨지는 것. 가이가 보고 싶었던 것은 바로 그 모습이었다.

그 바람은 이루어졌다.

그러나 이아손의 격렬한 분노는 가이의 예상을 아득히 뛰어넘었다.

고작 펫을 위해서. 타나그라의 블론디가 이토록 흥분하는 모습이 믿어지지 않았다.

'…거짓말.'

어째서?

인공체 기계 주제에 어째서 '그런 얼굴'을 할 수 있는 걸까.

그러나.

한순간의 의문은 가슴팍을 걷어차는 힘에 의해 산산이 흩어졌다.

피할 틈도 없이 강렬한 발차기를 맞고 가이는 그대로 날아가서 벽에 격돌했다.

둔탁한 소리가 울려 퍼졌다.

격통이 일었다.

갈비뼈가 몇 대 부러진 게 틀림없다. 그만큼 가차 없는 발길질이었다.

가이의 몸이 추욱 늘어졌다.

숨이 막히고, 목소리가 갈라지고, 경련하는 입술에서는 신음소리조차 흘러나오지 않았다. 그저 울컥울컥 토할 때마다 입에서 선혈이 주르륵 흘러나왔다.

이아손은 한층 천천히 걸어왔다.

부츠 끝으로 가이의 머리를 툭툭 쳤다.

가이의 눈이 공허하게 깜빡였다.

기절 따위 하게 내버려 두지 않겠다.

리키가 있는 곳을 실토할 때까지는 최후의 일격은 가하지 않겠다.

그렇게 생각하며 가이의 얼굴을 짓밟았다.

발밑에서 탁한 신음소리가 흘러나왔다.

그러나 그것은 곧 비명으로 바뀌었다. 이아손이 왼쪽 손목을 움켜잡고 힘껏 비틀었기 때문이다.

"리키는 어디 있나?"

낮게 억눌린 목소리 밑바닥에 격노를 뛰어넘어 살기가 담겼다.

격통과는 또 다른 공포가 가이의 목을 옭죄었다.

관자놀이에, 목덜미에, 당장이라도 파열할 듯이 시퍼런 핏줄이 불거졌다.

이아손은 눈 하나 깜짝하지 않고 천천히, 그러나 힘을 줘서 다시 한 번 팔을 비틀었다.

"콰득."

뼈가 부러지는 소리가 울려 퍼졌다.

"크… 크아아아아아악—!"

튀어 오르는 핏속에서 절규가 주위에 난반사했다.

창백한 얼굴을 일그러뜨리며 가이는 발끝까지 움찔움찔 경련했다.

이아손은 눈썹 하나 까딱하지 않고 냉랭하게 그 모습을 바라보았다.

가학적인 열기도 없고 한 조각의 죄책감도 없었다. 존재하는 것은 그저 얼어붙을 듯한 격노뿐이었다.

"리키는 어디 있나?"

선혈이 흐르는 턱을 움켜잡고 이아손은 가이의 눈을 들여다보며 물었다.

"어디 있나?"

코앞에서 질문하는 이아손의 얼굴을 향해 가이는 험악한 얼굴로 피가 섞인 침을 뱉었다.

"넘겨줄 수… 없어… 네놈은… 여기… 서… 나와 함께 죽을 거… 다…."

이아손은 무표정하게 얼굴의 침을 닦으며 반대편 손으로 가이의 뺨을 갈겼다.

가이는 신음도 없이 추욱 늘어졌다. 이번에야말로 정말 기절한 모양이다. 그가 이대로 죽어버리건 말건 이아손은 물론 아무렇지도 않았다.

그때 느닷없이 낮고 둔탁한 충격음이 발밑을 흔들었다.

"뭐지?"

즉각 발밑을 노려보며 중얼거렸다.

그 직후. 곧 폭발음이 울려 퍼졌다.

'설마 이 녀석, 진짜로….'

그저 분해서 되는 대로 내뱉은 말이 아니었나?

이아손은 잠시 가이를 물끄러미 응시했다.

13장

　문득 눈을 떴을 때. 리키는 먼저 마른 입술을 핥았다. 두 번, 세 번.

　그리고 바싹 마른 입술 외에 목이 마른 것을 느꼈다.

　몸이 약간 땀에 젖어 있었다.

　뭔가 꿈을 꾼 것 같은 기분도 들지만 지금은 그 단편마저 떠오르지 않는다.

　머릿속이 둔탁하고 무겁다.

　매번 지긋지긋할 정도로 강제로 약을 먹었기 때문이다.

　덕분에 시간 감각이 도통 없었다.

　아침일까.

　낮일까.

　밤… 일까.

　창문 하나 없는 실내는 어두컴컴하고 소음 하나 없는 침묵이 앙금처럼 내려앉아 있었다. 체내 시계는 이미 고장 난 지 오래다.

　리키는 나른하게 숨을 내쉬었다. 그리고 문득 생각난 것처럼 다리 사이로 손을 뻗었다.

　모든 것이 흐릿한 가운데 유일하게 현실을 의식하게 만드는 것이 그곳에 있었다. 아무것도 없다는 절망적인 감촉이….

리키는 무거운 한숨을 삼켰다.

『캣은 무면허지만 실력은 좋아. 익숙해지면 아무렇지도 않을 거야.』

뭘 어떻게 말해도 위로가 될 수 없다는 걸 알기 때문일까, 가이의 어조는 매정할 만큼 담담했다.

리키는 캣이 어떤 자인지 알지 못했기 때문에 무면허는 어차피 거기서 거기라고 대꾸할 수 없었다.

게다가 실력이 좋다고 입이 무겁다는 보장은 없다. 지금 그런 걸 신경 써봤자 아무 소용없지만 리키의 머릿속에서는 우려가 사라지지 않았다.

다만… 동의도 없이 약으로 잠들어있는 동안 모든 게 끝나버린 것을 비난하고 욕할 기력조차 없었다.

이건 그동안 가이를 멋대로 휘둘러온 대가다.

슬럼에 나타난 카체가 울부짖는 키리에를 데려갔을 때에도, 에오스에서 인격 개조된 키리에를 봤을 때에도, 동정도 하지 않고 눈을 피하지도 않았다.

자업자득이었기 때문이다.

자신의 욕망을 앞세워 주위를 끌어들여놓고도 키리에는 아무런 가책도 느끼지 못했다. 그뿐인가, 출세하기 위해서는 뭐든지 이용하겠다고 말했다. 그런 키리에에게 혐오감밖에 느껴지지 않았다.

그따위 녀석, 어디서 어떻게 죽건 아무렇지도 않았다.

하지만 가이는 다르다.

리키에게 이끌려서 깊은 수렁에 빠지고 말았다. 그 죄를 따지자면 일방적인 리기의 잘못이다.

『나 때문이 아니야.』

이제와서 그렇게 외면할 수는 없었다.

키리에가 싫었다.

그 철저한 이기심에 화가 났다. 그걸 감추려고도 하지 않는 태도가 참을 수 없었다. 얼굴을 보기만 해도 울화가 치밀었다. 귀에 거슬리는 목소리를 듣는 것만으로도 불쾌하기 짝이 없었다.

키리에의 존재가 과거의 자신을… 풋내 나고 세상 물정 모르는 철부지 애송이였던 자신을 떠올리게 했기 때문이다.

자신은 키리에와 다르다. 그렇게 생각해도 자기 편할 대로 가이와 멤버들을 휘둘러온 것만은 변함이 없다.

결국 하는 짓은 자신이나 키리에나 별반 차이가 없다. 그걸 인정하기 싫어서 키리에를 혐오할 수밖에 없었다. 솔직히 말하면 그게 진실이다.

게다가 자신의 무력함을, 자신의 앞을 가로막은 이아손이라는 벽을 몸서리쳐질 만큼 똑똑히 깨달았다.

이제 와서 아무리 분해한들 그 격차는 메워지지 않는다.

그렇다고 해서 '이건 운명이다'라고 받아들일 생각도 없었다.

그런 말은 패배자의 자위행위라고 생각했다. 그런 말로 자신을 속이는 한 앞으로 나아갈 수 없다고 여겼다.

결코 많지 않은, 아니, 지극히 좁은 선택지를 자유 의지로 선택한다는 자부심은 있어도 후회는 없었다.

그렇게 생각했다.

그래도 인생의 단추를 잘못 끼웠다는 생각은 사라지지 않는다.

시간은 멈춰 서서 기다려주지 않는다.

그러나 가이는 그것을 억지로 뒤틀려 하고 있다.

확고한 의지만 있으면 반드시 인생을 다시 시작할 수 있다. 진심으로 그렇게 생각하고 있을지도 모른다.

하지만 그것은 가이가 절대 권력이라는 것을 모르기 때문이다.

『나 혼자 날뛰는 거라고, 쓸데없는 참견이라고 하지 마.』

그러니까 마음을 단단히 가져.

가이는 그렇게 말했다.

쌓이고 쌓인 빚은 이자까지 쳐서 청산하지 않는 한 죄책감으로 변한다. 그 대가를 성기로 지불한 것이나 마찬가지다.

카체는 말했다. 인간은 있어야 할 것을 상실하면 그만큼 정신의 균형이 무너진다고.

『이게 있어서 그 녀석과 떨어지지 못하는 거지?』

그렇다.

링은 족쇄였다. 이아손과 리키를 연결하는 족쇄.

『이 기분 나쁜 링만 없으면 넌 자유로워질 수 있어.』

아니다.

그렇게 생각했던 때도 있었지만 아파티아로 옮겨와서 링은 그저 상징에 불과하다는 사실을 깨닫고 말았다.

리키와 가이에게는 '펫 링'이라는 족쇄의 의미도 무게도 다른 것이다.

『그렇다면 차라리 통째로 잘라버려.』

그 순간 얼어붙을 듯한 온몸의 전율을 떠올리며 리키는 문득 입술을 깨물었다.

이제 와서 원망할 생각은 없다.

모든 원흉은 자신이다. 그 사실만큼은 통렬하게 자각하고 있었다.

하지만 그렇다고 모든 걸 받아들일 수 있는 것은 아니었다.

가이는 이아손이라는 '인간'을 전혀 모른다.

리키 또한 아직도 블론디의 사고 회로를 완전히 이해할 수는 없었지만 그래도 절대 권력자 이아손의 두려움은 뼛속 깊이 알고 있었다. 자신에 대한 이질적일 만큼 강한 집착도.

이런 상황에서도 리키는 모든 것을 털어놓고 그 아픔과 과거의 무게까지 가이와 공유할 마음은 없었다.

알 필요 없는 사실은 묻어두는 게 좋다. 그 신조만큼은 변함이 없었다.

가이가 모든 걸 너무 우습게 보고 있다고 말할 생각은 없다. 하지만 이대로 무사히 끝날 거라고는 생각할 수 없었다. 그래서 만약의 경우 마지막 도망칠 길 정도는 확보해두고 싶었다. 가이를 위해서… 그리고 아마 자신을 위해서도.

아마 카체는 곧 눈치챌 것이다. 가이가 관련되어 있다는 사실을. 이아손의 귀에 들어가는 것도 시간문제다.

오늘 하루가 무사히 끝났다고 해서 내일도 그렇다는 보장은 없다. 이아손이 모르는, 눈치채지 못한 사소한 일이라도 카체라면 알아차릴 것이다. 그 생각이 머릿속 한구석에서 떠나지 않았다.

단순한 기우가 아닌, 명확한 우려.

만약 이아손이 모든 걸 알면… 어떻게 될까?

생각만 해도 머릿속이 차갑게 얼어붙었다.

사고가 점점 부정적으로 흘러가서 최악의 주박에 빠져들었다.

자신보다 가이가, 그리고 바이슨의 멤버들이 뇌리에 달라붙어서 떨어지지 않았다.

지금이라면.

지금이라면 아직 늦지 않았을지도 모른다.

―무엇이?

모든 것이?

그건 그저 환상일 뿐이다.

―현실을 봐.

가혹한 현실이 눈에 아프게 꽂혔다. 성기와 함께 펫 링을 잃고 처량하게 침대에 누워있는 자신의 몰골에 어쩔 수 없이 씁쓸함이 느껴졌다.

약 때문일까. 환각과 현실이 뒤섞이고 머릿속이 엉망진창이었다. 그래도 생각을 그만둘 수 없었다.

어쩔 수 없는 일을 생각해봤자 뾰족한 방도는 없다.

모든 건 흘러가는 대로 흘러갈 뿐이다.

그렇게 스스로를 구슬리고 모든 걸 던져버리면 그야말로 자신은 실패자가 아니라 인생의 패잔병이 되어버릴 것 같았다.

테이블에 놓인 단말 시트에는 가이의 전언이 남아 있었다.

『다나 반에 두고 온 물건을 가지러 다녀올게. 조금 시간이 걸릴

지도 몰라. 약 잊지 말고 챙겨 먹어. 알았지?』

시간을 확인하자 3시간 전이었다.

리키는 깊은 한숨을 내쉬었다.

느릿느릿 몸을 일으켜서 음료수 병을 집어 들고 단숨에 물을 마셨다.

그리고 망설이며 침대 아래 놓인 부츠를 움켜쥐었다.

움켜쥔 채 잠시 굳어버렸다.

어떻게 하지.

어떻게 하지?

스스로 물어봐도 대답은 찾을 수 없었다.

주저하고.

망설이며.

입술을 깨물었다. 그리고.

가늘게 떨리는 손가락으로 부츠 굽을 열고 그 안에 있는 물건을 응시했다.

긴급 코드용 발신기였다. 이건 특수신호이기 때문에 케레스에 있어도 미다스의 카체에게 연락할 수 있다.

―아마도 그럴 것이다.

잠시 망설이던 리키는 이윽고 결의를 담아 스위치를 눌렀다.

IC칩의 신호가 점멸했다.

잠시 그 모습을 바라보며. 리키는 부츠 굽을 원래대로 되돌렸다.

미다스 에어리어—8 'SASAN(사산)'.

블랙마켓 본부에 있는 전용 사무실에서 카체는 버추얼 스크린으로 마켓 정보를 확인하고 있었다.

평소와 다름없는 일상적인 업무.

그때 책상 위 단말 긴급 코드가 울렸다.

'기밀 회선으로 긴급 전화?'

의아한 듯 눈을 가늘게 뜨며 디스플레이를 확인했다. 그곳에 리키의 ID넘버가 표시된 순간.

"…리키?"

카체는 경악으로 눈을 크게 뜨고 반사적으로 몸을 내밀었다.

허둥지둥 미다스 맵을 띄웠다. 관광객용 공식 지도에는 에어리어—9는 존재하지 않지만 비공식 지도에는 모든 에어리어가 망라되어 있다. 단 케레스 지역의 색만 다르다.

그 에어리어—9에서 시그널은 깜빡이고 있었다.

카체는 즉각 지도를 확대한 후 시그널 위치를 특정했다.

그러나 그곳에는 아무 목표물도 없었다.

뭔가 착오가 생긴 건 아닐까 몇 번이나 검색해 봐도 그저 덩그러니 시그널만 깜빡일 뿐이었다.

"혹시… 녹지대?"

카체는 잡아먹을 듯이 지도를 응시했다.

그리고 버추얼 스크린을 모두 닫은 후 빠른 걸음으로 방에서 나갔다.

<hr />

녹지대 안에 위치한 가이의 아지트.

지하 3층.

삐, 삐, 삐, 삐……

잠금장치의 경보음이 울리는 것을 리키는 의자에 앉은 채 미동조차 하지 않고 바라보고 있었다. 가이가 아닌 누군가가 불법 침입하려고 하는 소리였다.

이윽고 시끄럽게 울리던 경보음이 딱 멈추고 잠금장치의 신호가 빨간색에서 파란색으로 바뀌었다.

문이 천천히 옆으로 미끄러지며 열렸다.

열린 문 너머에는 아무도 없었다.

그러나 리키의 시선은 한 점에 고정된 채 흔들리지 않았다.

잠시 후 문 너머에서 레이저 건을 든 카체가 경계심이 노골적으로 드러난 얼굴로 들어왔다.

의자에 앉은 채 꼼짝도 하지 않는 리키와 카체의 시선이 마주쳤다.

카체는 방 안의 상태를 확인한 후 레이저 건을 재킷 아래 집어넣었다. 그대로 성큼성큼 험악한 얼굴로 리키에게 다가왔다.

"바보 같은 놈!"

입을 열자마자 노성이 터져 나왔다. 진짜로 화가 난 카체의 목소리를 듣는 것은 처음이었다.

"정말 구제불능의 바보구나, 너는."

리키는 아무 대꾸도 못하고 입술을 일그러뜨렸다.

"주모자는 누구지? 가이냐?"

가이를 지명한 시점에서 모두 들통난 것이나 마찬가지였다.

"정에 흔들리지 않겠다고 각오한 것 아니었나?"

"그래서 당신을 부른 거야."

"열흘이나 지나서 말이냐?"

가차 없는 말이 아픈 곳을 찔렀다.

연락하고 싶어도 할 수 있는 상황이 아니었다는 말은 그저 변명에 불과하다.

그래서 리키는 입을 다물 수밖에 없었다.

"가이가 어떻게 머리를 쥐어짜서 무슨 계획을 세웠는지는 모르겠지만 어차피 애송이의 얕은꾀에 불과해. 너도 그걸 모르진 않을 텐데."

"인간은 굳게 결심하고 의지를 관철하면 누구와도 싸울 수 있다, 아무것도 잃을 게 없는 녀석이 마지막 순간에는 제일 강하다. 진심으로 그렇게 믿는 녀석에게 무슨 설교를 하란 말이야."

리키가 무슨 말을 하면 반론은 그 10배가 되어 돌아오곤 했다.

말은 통하지만 대화가 성립되지 않았다. 지긋지긋함을 넘어 울화가 치미는 것도, 쓸데없이 언성을 높이는 것도 피곤했다.

아무리 계속해도 맞물리지 않는 대화는 한없이 평행선을 그릴 뿐, 결코 교차하지 않았다.

"이아손은… 어때?"

서론은 이쯤에서 그만두고 제일 걱정되는 것을 물었다.

"네 눈으로 직접 확인해보지그래?"

그 차가운 태도도 자업자득.

"이제 와서 얼굴을 마주칠 면목도 없어."

100퍼센트 진심으로 그렇게 말할 수밖에 없는 현실이 아팠다. 괴로운 것이 아니라 그저 한없이… 아팠다.

새삼 그런 우는 소리에 귀를 기울여줄 생각은 없다는 듯이 카체는 리키의 재킷을 들어 집어던졌다.

"빨리 준비해라."

"…돌아갈 수 없어."

"쓸데없는 헛소리를 들어줄 시간은 없어."

"돌아갈 수 없어, 카체."

이런 상황에서도 의미 없이 억지를 부리는 리키의 태도에 카체는 화가 치밀었다.

"여기까지 와서 쓸데없는 소리 지껄이지 마. 너는 가이 생각밖에 머릿속에 없는 거냐!"

뱃속부터 고함을 치며 양손으로 테이블을 내리쳤다.

정말로 화가 났다. 온몸이 부글부글 끓어오를 만큼.

방관자밖에 되지 못하는 자신이, 주제 넘는다는 걸 각오하고 굳이 선을 넘어서 충고해준 것은 무엇 때문이었나?

누구를 위해서였나?

엉키고 엉킨 실은 당사자밖에 풀 수 없다. 그 철칙을 뒤틀어 이아손이 말하지 않는, 말할 수 없는 현실을 넌지시 일러준 것은 그래서 리키가 조금이라도 자각하기를 바랐기 때문이었다. 설령 그것이 쓸데없는 참견에 불과하다 해도.

만남은 최악이라도—카체는 아직 그들이 어떻게 만났는지 알지 못한다—우연으로 끝나지 않았던 만남은 나름대로 의미가 있다.

본래는 절대 교차하지 않을 '점'과 '선'이 기적적인 확률로 만난 그 의미를 지켜보고 싶었는지도 모른다.

그런데 리키의 머릿속에는 아직도 온통 가이 생각밖에 없는 걸까. 그렇게 생각하니 공연히 화가 났다.

이아손이 리키를 위해 지불한 대가. 그걸 엉망으로 망쳐버리려고 하는 리키와 가이의 바보 같은 행동이 화가 나서 견딜 수 없었다.

리키의 명운을 쥐고 있는 것은 이아손이고 이아손을 변질시킨 것은 바로 리키다.

가이 따윈 상관없다. 그런데 이런 어처구니없는 짓을 벌이면서까지 두 사람 사이에 끼어들려 하는 분수를 모르는 가이를 용서할 수 없었다.

"아니야. 나는⋯."

아랫입술을 깨물며.

"난 이제 더 이상 남자가 아니야."

리키는 씁쓸함을 삼키듯 작게 중얼거렸다.

카체는 살짝 눈썹을 찡그렸다. 리키가 무슨 말을 하는지, 그 의미를 한순간 이해하지 못했기 때문이다.

"당신과 똑같이 되어버렸어."

그 말에 담긴 의미를 깨닫고 카체는 할 말을 잃었다.

"링을 빼려면 그 방법밖에 없잖아."

이아손밖에 뺄 수 없는 펫 링이 다리 사이에 끼워져 있는 한 아무 데도 도망칠 수 없다. 리키는 그렇게 믿고 있었다.

뺄 수 없다.

풀 수 없다.

그러니까 도망칠 수 없다.

그렇게 리키는 자신을 옭아맸다. 링은 이아손과 자신을 이어주는 유일한 족쇄라고.

그러나 절단할 수조차 없는 링이라면 성기째 잘라버리면 그만이다. 가이의 속삭임은 생각지도 못했던 깨달음이라기에는 지나치게 과격한 궁극의 선택이었다.

"발상의 전환이라고 해야 하나?"

한순간 카체는 눈을 크게 떴다.

그리고 마음속 욱신거리는 감정을 억지로 억누르며 리키를 똑바로 응시했다.

패기 없는 창백한 얼굴. 그것은 단순히 바보 같은 짓을 저지른 후회의 표시라고 생각했다. 평소 자신답지 않게 감정적이 되어서 사물을 판단하는 감이 뒤틀렸다.

젠장.

…젠장.

내심 끊임없이 혀를 찼다.

리키는 '발상의 전환'이라고 했지만 카체의 입장에서 그것은 그저 '단락적인 사고'였다.

어째서 그렇게까지 무모한 짓을 벌인 걸까.

이해할 수 없다.

"그… 멍청한 자식."

낮게 내뱉은 말에는 뚜렷한 탄식이 가득 담겨 있었다.

이미 카체에게는 가이가 무모함을 뛰어넘어 흉악한 이기주의자로 보였다.

"그 녀석을 여기까지 몰아세운 건… 나야."

―아니야!

그렇게 말해주고 싶은 마음은 굴뚝같았지만 이제 와서 무슨 말을 해봤자 위로가 되지는 못할 것이다.

"나는 그 녀석을 밀어낼 생각밖에 없었어. 당신이 그렇게 말했기 때문이 아니야. 상황을 수습하려면 그렇게 할 수밖에 없었고, 그럴 수 있다고 우습게 보고 있었어. 그러다 이 꼴이 된 거야. 통렬하게 한 방 맞은 셈이지."

자조인지 아닌지 알 수 없는 어두운 웃음.

그 모습을 차마 볼 수 없어서 카체는 살짝 시선을 피했다.

"하지만 그렇다고 원망이라도 한마디 퍼부어주려는 마음이 들지 않는 건 아마 마음속 어딘가에서 안심하고 있기 때문일지도 몰라. 이걸로 정말 이아손과 관계가 끊어지지 않을까 하고."

'절대 그럴 일은 없을 거다.'

그것만은 카체도 확신할 수 있었다.

'너도 알고 있을 텐데.'

생식 기능을 상실한 정도로 이아손의 집착이 사라질 리 없다.

무슨 이유로 그렇게 생각하는지는 몰라도 리키는 그 점에서 자신을 지나치게 과소평가하고 있다. 중요한 건 껍데기가 아니라 알맹이다.

철저한 능력주의. 그 판단 기준을 리키에게 적용시키는 것은 적절하지 않을지도 모르지만 극단적으로 말하자면 성기를 잃었어도 이아손은 전혀 신경 쓰지 않을 것이다. 리키가 리키이기만 하다면.

타나그라의 의료 기술만 있으면 잃어버린 성기를 클론으로 재생하는 것도 그리 어려운 일은 아니다.

오히려 수컷이라는 것에 집착하는 건 리키 쪽일 것이다. 슬럼에서는 힘의 논리가 당연하게 적용된다. 남성기는 그 상징이기 때문이다.

슬럼에서 최대의 굴욕은 '고자 새끼'라고 불리는 것이다. 말 그대로 성적 불능을 가리키는 것 외에 근성이 없다는 의미도 포함되어 있다.

슬럼에서 제일 질 나쁜 린치는 고환을 짓뭉개는 것이며 더욱 흉악한 것은 남성기를 절단하는 것이다. 페니스가 없으면 남자로 봐주지 않는다. 그런 딱지가 붙는 것만으로도 슬럼에서는 죽은 것이나 마찬가지다.

하지만 리키와 이아손을 이어주는 연결고리의 상징인 펫 링을 빼기 위해 리키의 성기를 절단했다는 사실을 알면 이아손은 격노하리라.

에오스에 오직 하나뿐인 특별주문품을 이아손은 조교용이라고 불렀다. 아마도 그곳이 수컷의 급소이기 때문에 편리했던 것뿐이리라.

그러나 이아손의 가치관은 전혀 다르다. 그 진정한 차이를 아마도 리키는 진정한 의미로 이해하지 못하고 있을 것이다. 그것이야말로 가장 큰 문제라고 느껴지는 것은 결코 카체의 착각만은 아닐 것이다.

"처음에는 왜 나일까 라고 생각했어. 이아손 같은 엘리트라면 아무나 마음대로 골라잡을 수 있을 텐데 왜 내가 아니면 안 되는 걸까."

그건 분명 누구나 생각하는 의문일 것이다.

하필이면 어째서?

타나그라의 블론디에게 펫은 계급장을 대신하는 액세서리다. 슬럼의 잡종을 펫으로 키우는 것은 그야말로 최대의 굴욕이다.

무엇이 이아손을 그토록 비상식적으로 만들었는가?

자신의 부하로 곁에 두고 '리키'라는 원석이 갈고 닦여지는 경위를 직접 지켜보지 않았더라면 카체 또한 악취미의 극치라고 할 수 있는 이아손의 행동을 결코 이해하지 못했을 것이다.

"에오스에서 지낼 무렵에는 오기로라도 교태 따윈 부리지 않겠다고 생각했어. 지난 3년 동안에도, 다시 돌아온 후에도, 슬럼의 잡종이라는 자존심이 내가 기댈 곳이었으니까."

아무리 억누르고 짓밟아도 무너지지 않는 자존심. 절대 권력자

에게 그것은 가학성으로 가득 찬 신선한 재미였으리란 것쯤은 상
상하기 어렵지 않다. 블론디의 위광에 굴하지 않는 세상 물정 모
르는 애송이는 어떤 의미로 슬럼의 잡종의 특권일지도 모른다.

"하지만… 아파티아로 옮긴 후에는 그렇게 버티는 게 이상하게
숨 막혀서 견딜 수가 없었어. 나를 사육하기 위한 우리가 에오스
에서 아파티아로 변한 것뿐인데 이아손과 단둘이 얼굴을 마주하
면 묘하게 숨이 막혔어. 왜. 어째서. 일과는 관계없는 생각으로 머
릿속이 엉망진창이 되어버렸지… 그런 건 한번 자각하면 끝장이
더군."

그리고 겨우 카체도 깨달았다. 변질된 것은 이아손뿐만이 아니
라는 사실을. 리키도 '마찬가지'라는 것을.

"좋아… 하나?"

카체의 입에서 지극히 자연스럽게 그 말이 흘러나왔다.

즉각 화를 내며 반박할 줄 알았지만 리키는 그저 시선을 떨굴
뿐이었다.

"…모르겠어. 그저 미운 것뿐인지, 그렇지 않은지. 좀 더 다른
뭔가가 있는지, 아니면 없는지. 착각인지 아닌지. 내가 정말로 뭘
어떻게 하고 싶은지…."

리키는 잔뜩 잠긴 패기 없는 목소리로 중얼거렸다. 어쩌면 카체
가 모르는 리키의 또 다른 맨얼굴… 일지도 모른다.

"마음을 확실하게 자각하는 게 무서웠던 걸지도 몰라…. 걸작
이지? 웃고 싶으면 웃어도 돼."

웃을 수 없었다.

전혀, 조금도 웃을 수 없었다.

이건 이아손도… 그리고 분명 가이도 모르는 리키의 진심일 것이다. 어쩌면 리키가 처음으로 털어놓는 진실일지도 모른다. 또는 이럴 때가 아니면 절대 들을 수 없는 약한 소리… 일지도 모른다.

"이아손은 발치에 달라붙는 펫은 지겹다더군."

알고 있다.

과거 이아손의 퍼니처였을 무렵. 그것이 에오스의 일상적인 풍경이었다.

경매에서 낙찰받은 최고 품종의 펫이 한껏 교태를 부려도 이아손의 태도는 냉랭하기 그지없었다.

펫은 방을 장식하는 비품 중 하나. 눈앞에 걸리적거리지만 않으면 그걸로 충분하다. 이아손은 철저히 그렇게 생각했다.

그래서 리키를 향한 이질적인 집착에 카체는 경악하지 않을 수 없었다.

"그러니까 나는 있는 힘껏 버틸 수밖에 없다고 진심으로 그렇게 생각했어. 하지만 펫 링이 없어졌으니까 싫어도 이걸로 끝이잖아? 이아손과 대등… 해질 수는 없어도 같은 눈높이로 마주 볼 수는 있지 않을까."

그건 어디까지나 이상론이다.

아니, 몽상론에 불과하다.

타나그라의 블론디와 슬럼의 잡종은 절대적인 가치관의 차이가 있다. 게다가 리키와 이아손은 서로의 긍지를 갉아먹는 관계라고 할 수 있다. 저 이아손을 상대로 맨몸으로 맞설 수 있는 것만으로도 카체가 보기엔 찬사를 보낼 가치가 있었지만.

단순한 바보에겐 불가능한 일이다. 아예 상식을 초월하는 엄청난 바보가 아닌 이상 보통은 이아손의 눈을 똑바로 쳐다볼 수조차 없다.

그래도.

어쩌면….

문득 머릿속 한구석을 스치고 지나간 생각을 카체는 떨쳐버렸다. 그걸 입에 담는 것은 카체의 영역이 아니다.

무엇보다도 지금은 그 이전에 문제가 있다.

펫과 주인. 넘을 수 없는 절벽을 무너뜨리기 위한 뭔가가 아파티아에서 생겨날 뻔했다면 더더욱 가이가 한 짓은 용서받을 수 없는 짓이다. 설령 리키는 그 행동을 받아들이고 용서할 수 있다 해도 이아손은 절대 용서하지 않을 것이다. 자칫하면 즉각 말살당해도 이상할 것은 없다.

"그런데 그 멍청한 놈은 어디 간 거냐?"

"다나 반."

카체는 눈을 크게 떴다.

"독립할 때 만들어진 지하 방공호?"

리키는 고개를 끄덕였다.

설마 그런 곳에 숨어있을 줄은 몰랐다. 카체는 저도 모르게 신음했다.

"내가 있던 지하는 전부 실드가 작동하고 있는 모양이야."

아마 독립할 때 견고한 요새 기능도 갖추고 있었던 모양이다.

그 기술을 제공한 것이 어디의 누군지는 몰라도 타나그라가 아닌 것만은 확실하다.

"그래서 링을 찾아낼 수 없었군."

오랫동안 방치되어 있었는데도 여전히 독립할 당시의 시큐리티가 작동하고 있는 듯한 무용지물.

케레스의 주민들조차 가까이 가고 싶지 않은 지하 미궁이라는 인식 때문에 두 사람이 그런 곳에 숨어있을 거라고는 상상조차 못했다. 아니, 펫 링의 발신 장치는 보통 GPS보다 정밀하게 만들어져 있다는 사실이 모두의 눈을 가렸는지도 모른다.

그렇다면 또 다른 의문이 카체의 뇌리를 스치고 지나갔다. 대체 가이는 어디서 그런 정보를 손에 넣은 것일까.

'뭐 지금 그런 건 아무래도 상관없지만.'

지금 생각해야 할 것은 눈앞의 현실뿐이다.

"그런 곳에 뭘 하러 간 거지?"

"두고 온 물건을 가지러 간다고 했어."

"굳이 가지러 갈 만큼 중요한 물건인가?"

별것 아닌 질문에 어째서인지 리키의 가슴이 철렁 내려앉았다.

어젯밤 늦게까지 단말기를 노려보며 가이는 뭔가 생각에 잠겨 있었다. 다나 반에서 진심을 털어놓고 험악해진 후로 두 사람 사이에는 거의 대화다운 대화가 없었다.

리키에게 아무것도 의논하지 않고 전부 혼자 결정하고 행동하는 것. 그것이 다나 반에서 가이의 패턴이었다.

"그래서 넌 뭘 어떻게 하고 싶은 거냐?"

"…모르겠어."

그답지 않은 낮게 잠긴 목소리.

카체는 살짝 눈썹을 찡그렸다.

"그럼 왜 나한테 연락한 거지?"

"아마… 말려주길 바랐는지도 몰라. 그 녀석에겐 이제 내 말은
닿지 않으니까."

카체는 깊은 한숨을 쉬었다.

'파멸로 달려가는 멍청한 녀석을 막을 수 있는 녀석은 없어. 나
로서는 무리다.'

그러나 이미 톱니바퀴는 움직이기 시작했다. 커다란 굉음을 울
리며.

『미다스에서 재미있는 걸 발견했다. 검은 머리, 검은 눈동자, 유
난히 콧대가 높은 슬럼의 잡종. …써먹어봐라.』

이아손의 그 말이 모든 것의 시작이었다.

이제 와서 물러설 수 없다.

방관자에게는 방관자의 역할이 있다. 결코 무대에 설 수 없는
자신에게는 어떤 의미로 그 역할이 어울릴지도 모른다.

"그럼 더 이상 바보 같은 짓을 저지르기 전에 그 녀석을 붙잡아
볼까. 나머지 얘기는 그다음이다."

카체의 재촉에 리키는 천천히 몸을 일으켰다.

14장

리키와 카체를 태운 에어카는 다나 반을 향해 질주하고 있었다.

이런 에어카를 대체 어디서 조달해왔는지 굳이 묻지는 않았지만 슬럼에서 도난품을 처리하는 장물아비들의 두목이 카체라는 걸 생각하면 원래 휴대 전화 연락 하나로 뭐든지 손에 넣을 수 있을지도 모른다.

우거진 나무들에게 침식당해서 길다운 길은 찾아볼 수 없었다.

"어디냐?"

다나 반 상공을 천천히 순회하며 카체가 말했다.

"서쪽 블록 외곽."

창밖으로 보이는 것은 살벌한 빌딩 숲이었다. 시대에 버림받아 남겨지고 방치되어 무너지기만을 기다리는 빌딩 숲은 어디나 모두 비슷비슷했다.

게다가 이곳으로 끌려왔을 때의 기억은 전혀 없었고 떠날 때는 약으로 정신이 몽롱했다. 가이가 갖고 있던 단말에 남아있던 다나 반 겨냥도를 보지 않았더라면 어느 구역에 뭐가 있는지 그조차 알지 못했을 것이다.

리키는 발밑의 풍경을 잡아먹을 듯이 응시했다.

그리고 석양에 잠긴 짙은 그림자 속에서 납작한 건물을 발견했을 때였다.

"저거야. 저 격납고!"

리키는 그곳을 손가락으로 가리키며 외쳤다.

카체는 옛날 화물 반입구였던 듯한 게이트 앞에 천천히 에어카를 세웠다.

"당신은 여기서 기다려."

"혼자 괜찮겠나?"

"응. 괜히 자극하고 싶지 않으니까 일단 혼자 가볼게."

"아니. 내가 말하는 건 네 몸이다."

굳이 그렇게 말할 만큼 리키의 안색은 좋지 않았다.

"괜찮다니까."

리키는 억지로 웃었다.

애써 괜찮은 척하는 게 눈에 보였지만… 카체는 일부러 아무 말도 하지 않았다. 리키 말대로 갑자기 둘이서 들이닥치면 가이는 잔뜩 굳어버릴 게 뻔하다.

대화를 나눈 적은 없지만 마주친 적은 있다. 리키의 집에서 키리에를 강제 연행했을 때 그곳에는 가이도 있었다. 가이가 품고 있을 카체에 대한 이미지는 대충 짐작이 갔다.

"그럼 됐다. 너무 무리하지는 마."

그것은 같은 아픔을 지닌 자만이 알 수 있는 진지한 눈빛이었다. 그 눈빛이 이상하게 숨 막혀서,

"그럼 다녀올게."

리키는 슬쩍 시선을 피하며 에어카에서 내렸다.

반입구를 지나자 곧 슬로프가 보였다.

그리고 떠올렸다. 가이와 여길 떠날 때는 카트를 타고 이 슬로프를 올라왔다.

지금은 그 카트가 보이지 않았다.

역시 아직 안에 있는 걸까?

아니다. 애초에 게이트 부근에는 가이가 타고 왔을 에어 바이크가 없었다.

혹시 이미 이곳에 없는 걸까?

문득 그런 생각이 머릿속을 스치고 지나갔다.

리키는 슬로프를 내려가지 않고 오른쪽으로 걸었다. 센서 조명이 점멸하는 그곳을 일직선으로 걸어가면 벽에 가로막힌 통로가 있다.

하나, 둘, 셋. 네 번째 라이트가 통로를 비추는 곳에서 리키는 걸음을 멈췄다.

"분명히 이쯤이었는데."

혼잣말을 하며 리키는 발밑으로 시선을 던졌다.

겨냥도에는 이 부근에 긴급 시 비상용 승강기 스위치가 있었다. 그게 지금도 가동할지 어떨지는 알 수 없지만.

벽과 바닥이 맞닿는 한 구역에 작고 동그란 구멍이 있었다.

"…이건가."

그곳을 발끝으로 꾹 누르자 반대편 벽이 좌우로 밀리며 열렸다.

리키는 노골적으로 안도의 숨을 내쉬었다.

카체 앞에서는 멀쩡한 척했지만 사실은 몸 상태가 최악이었다.

편히 쉴 수 있는 곳만 있다면 기어서라도 그곳으로 가고 싶을 정도였다.

최소한 자신이 갇혀있는 장소 정도는 알아두고 싶어서 단말 화면을 훑어본 것이 정말 다행이었다.

지하 3층.

승강기를 내린 순간. 리키는 저도 모르게 발걸음을 멈췄다.

좁은 통로 끝에는 주황색 불빛이 가득 차 있었다. 하지만 공기는 싸늘하게 살갗을 찌르는 것 같았다. 왠지 오한마저 느껴지는 것은 심장 소리가 들릴 정도로 적막하기 때문일까. 아니면.

벽이.

천장이.

바닥이.

압박하듯 리키를 '보고 있었다'. 그런 착각을 일으킬 만큼 적막함이 통로 전체에 배어 있었다.

'뭘 겁내는 거야. 나답지 않게…'

그래도 굳은 얼굴은 풀리지 않았다.

리키는 이를 악물며 걷기 시작했다.

승강기에서 멀어질수록 리키의 등 뒤에서 하나, 둘 조명이 꺼지고 어둠이 통로를 집어삼켰다. 그에 호응하는 것처럼 낮은 발소리가 유난히 크게 울려 퍼졌다.

'별로 기분 좋은 곳은 아니군.'

그 때문일까, 리키의 발걸음은 차츰 빨라졌다.

통로를 지나 리키는 또다시 걸음을 멈췄다.

입구의 문이 반쯤 열려 있었다. 이곳에도 카트는 없었다.

리키는 한 바퀴 주위를 둘러보았다.

이렇게 살펴보니 그때의 기억이 얼마나 불확실한지 통감할 수 있었다.

통로는 세 방향으로 갈라져 있었다. 섹션마다 바닥의 색이 다른지 왼쪽은 초록색, 오른쪽은 노란색, 직진 방향은 파란색이었다. 리키는 어느 통로를 지나왔는지조차 확실하게 기억나지 않았다.

'이렇게 되면 겨냥도대로 가보는 게 낫겠군.'

겨냥도를 머릿속에 떠올리며 천천히 걷기 시작했다.

'으음, 그러니까… 똑바로 가다가 두 번째 십자로에서 오른쪽… 이었지, 아마.'

광택이 흐르는 스카이 블루의 바닥을 걸으며 리키는 입안으로 혼잣말을 중얼거렸다.

설령 평면도라도 머릿속에서 3D 모드로 변환할 수 있다. 특기라기보다는 이 정도도 못하면 에어 바이크로 배틀 따윈 불가능하다.

지도가 없어도 어디에 뭐가 있는지, 도망칠 길은 어디서 확보할 수 있는지. 그 정도는 단단히 머릿속에 새겨두지 않으면 슬럼에서 항상 승리를 거머쥘 수는 없다.

에오스로 돌아와서 처벌을 받았던 한 달간. 에오스를 산책할 때에도 리키는 머릿속으로 지도를 구축하며 걸었다.

확실한 목적의식을 갖고 동기를 부여하는 것. 그렇지 않으면 두 번째 데뷔 파티 따윈 절대 못 해 먹었을 것이다.

그게 이 다나 반에서도 도움이 되었다.

폐쇄된 통로는 아무리 걸어도 쥐 죽은 듯 고요했다.

그러나 처음 십자로를 확인하고 그대로 지나치려던 바로 그때, 느닷없이 절규가 리키의 얼굴을 강타했다.

반사적으로 멈칫 걸음을 멈췄다.

"…가이?"

그 목소리는 확실히 비명이라는 걸 알 수 있을 만큼 높게 울려 퍼졌다.

지잉, 이명이 울렸다.

방금 전까지 있을지 없을지 그것마저 확실하지 않았지만 확실히 가이가 있다는 사실을 알게 된 지금도 안심할 상황이 아니었다.

뭐지?

뭐야?

어떻게 된 거지?

경악보다 먼저 숨이 막힐 듯한 불안으로 온몸의 피가 역류했다.

여기는 금지구역이다.

무슨 일이 일어날지 모른다.

그 실감이 등줄기를 기어 올라왔을 때에는 이미 리키는 달리고 있었다.

어디냐.

어디냐.

어디냐!

부풀어 오른 박동이 머릿속을 조였다.

숨이 가쁘고.

관자놀이가 욱신거렸다.

다음 십자로에서 오른쪽으로 꺾어졌을 때에는 완전히 숨이 턱까지 차올랐다.

목이 헉헉 울렸다.

무릎이 부들부들 떨렸다.

아랫배가 경련하듯 아팠다.

거친 숨에 구역질이 뒤섞여 위까지 욱신욱신 경련했다.

그것이 더욱 성기를 잘라낸 격통을 불러일으켜 리키는 저도 모르게 그 자리에 주저앉았다.

이마에. 목덜미에. 머리카락이 축축하게 달라붙었다.

이를 악물어도 계속 입술이 떨린다.

다리에 힘이 들어가지 않는다. 허리 아래는 마치 자신의 몸이 아닌 것 같다.

마음만 조급할 뿐 팔도 다리도 생각대로 움직이지 않는다.

젠장.

…젠장.

……젠장!

한심해서 눈물이 났다.

고작 몇 미터 거리가 너무나도 멀게 느껴졌다.

그가 가야 할 문은 바로 저 앞에 있다.

조금만 더….

리키는 벽에 기대어 비틀거리며 기어갔다.

겨우 몇 미터가 이렇게 길고 괴로울 줄은 몰랐다.

그때.

문득.

쿠우우우우웅.

멀리서 폭음이 울리고 둔탁한 충격이 밀려왔다.

"뭐… 지?"

리키는 흠칫 고개를 들었다.

그 직후 발밑에서 섬뜩한 진동이 기어 올라왔다.

그 진동이 허리 언저리에 도달했을 때 이번에는 좀 더 선명한 폭발음이 통로를 뒤흔들었다.

온몸의 땀구멍이 조이는 듯한 불안과 공포로 얼굴이 일그러졌다.

"가이! 거기 있어? 가이!"

리키는 큰소리로 외치며 문을 두드렸다.

그때.

쾅쾅 문을 두드리는 소리에 뒤섞여.

"가이! 거기 있어? 가이!"

느닷없이 목소리가 들려왔다.

'리키…?'

환청이 아니다.

"가이. 대답해, 가이!"

목소리는 문에 차단되어 묘하게 탁하게 들렸지만 분명 리키였다.

이아손은 튕기듯이 문으로 달려갔다.

그러나 강제로 잠긴 문은 열리지 않았다. 뭘 어떻게 해도 잠금은 해제되지 않았다.

이 방에 이아손의 발을 묶어두는 것. 마지막 발버둥치고는 제법 신경을 썼다기보다는 절대 놓치지 않겠다는 가이의 집념이 느껴졌다. 여기서 이아손을 없애기 위해 용의주도하게 계획을 세운 모양이다.

『당신을 여기서 길동무로 삼을 거야.』

그 말은 아무래도 거짓말이 아니었던 모양이다.

이아손은 흘낏 가이를 돌아보며 혀를 찼다.

그러나 가이는 리키도 길동무로 삼겠다는 말은 하지 않았다. 그렇다면 이 상황은 가이도 예측하지 못한 돌발 상황일지도 모른다.

이대로는 리키까지 말려들게 된다.

이아손은 살짝 얼굴을 찡그리며 혼신의 힘을 다해 비상 콕을 당겼다.

———— ✳ ————

온 힘을 다해 문을 두드렸다.

"가이. 가이!"

있는 힘껏 외쳤다.

그때.

문 너머에서 뭔가 묘한 소리가 들렸다.

'뭐지?'

순간.

삐걱거리며 문이 열렸다. 마치 힘으로 잠긴 문을 비틀어버린 것처럼.

리키는 멍한 표정을 지었다.

그리고 곧 눈을 크게 떴다. 문 너머에서 전혀 예상하지 못한 이아손의 얼굴을 보고 머릿속이 새하얘졌다.

이아손의 서늘한 두 눈에 담긴 사나운 빛에 꿰뚫려 공포를 느꼈다. 허리가 둔탁하게 떨리고 숨소리도 얼어붙었다. 그 손으로 거칠게 팔을 움켜잡혔을 때에는 저도 모르게 목을 움츠렸다.

그러나 아무 일도 일어나지 않았다.

그저 숨 막힐 만큼 고동이 빠르게 뛰고 있을 뿐이었다.

리키는 머뭇머뭇 눈을 떴다.

그리고 처음으로 그가 자신을 꼬옥 끌어안고 있다는 사실을 깨달았다.

'…뭐… 야…?'

영문을 알 수 없는 동요로 살짝 당황했다.

진동은 점점 더 거세어졌다. 땅 밑바닥에서 낮은 신음소리가 기어 올라올 때마다 벽이, 천장이 섬뜩하게 삐걱거렸다.

그러나 그 이상으로 리키를 아무 말도 할 수 없게 만드는 것이

있었다.

이아손의 등 뒤로 얼핏 보인 것. 그게 가이임을 알고 단숨에 온몸이 얼어붙었다.

"…가… 이?"

가이는 추욱 늘어진 채 꿈쩍도 하지 않았다.

"거… 짓말이지?"

리키는 뻣뻣하게 가이에게 걸어가려고 했다.

그러나 이아손은 그것을 용서하지 않았다.

이아손의 품속에서 리키는 격렬하게 몸부림쳤다.

"어째서? 가이에게는 손을 대지 않겠다고 약속했잖아!"

그렇게 다그친 순간 느닷없이 이아손이 코앞으로 펫 링을 들어올렸다. 리키는 반사적으로 숨을 삼켰다.

"당연한 대가다."

그 서늘한 선언에 리키의 얼굴은 창백해졌다.

"나를 길동무 삼아 여길 폭파시키려고 한 바보에게 마지막까지 어울려줄 생각은 없다."

리키는 또다시 할 말을 잃었다.

'길동무… 라고?'

다나 반을 폭파시켜?

—누가?

가이가?

그런.

설마….

말도 안 돼.

하지만.

그렇지만.

'왜?'

이아손을 죽이기 위해서?

'어째서?'

거짓말이다.

리키를 옭아매던 족쇄는 사라졌다.

그걸로 가이의 기분은 풀렸을 것이다.

이아손을 길동무 삼아 다나 반을 폭파시킬 이유는 없다.

그렇다.

가이가 진짜로 그런 짓을 할 리 없다.

이건 뭔가 잘못된 거다.

예측할 수 없는 사태를 앞에 두고 리키의 사고는 패닉 직전이었다.

"가자, 리키. 꾸물거릴 시간이 없다."

리키를 끌어안은 채 이아손이 걸음을 옮겼다.

순간 리키의 의식은 단숨에 현실로 되돌아왔다.

이아손의 품 안에서 뻣뻣하게 몸을 뒤틀며 리키는 그 손을 뿌리쳤다.

"당신 혼자 가. 난 여기 남을 거야."

이아손의 입술이 순간 뭔가를 말하고 싶은 듯이 움찔 움직였다. 그러나 아무 말 없이 험악하게 입술을 일그러뜨릴 뿐이었다.

그대로 말없이 리키의 팔을 움켜잡고 힘으로 끌고 가려고 했다.

"놔! 놓으란 말이야!"

리키는 발버둥 치며 소리 질렀다.

이아손의 발을 걷어차고, 팔을 물어뜯고, 헉헉 숨을 몰아쉬며 욕설을 내뱉었다.

이윽고 그게 아무 소용없는 짓이라는 걸 깨닫자 곧 발버둥을 멈추고 이아손에게 힘껏 매달렸다.

"내가… 내가 유혹한 거야. 싫다고 했는데 억지로 설득한 거야."

섬뜩한 삐걱거림도, 땅을 기어 다니는 신음소리도, 아무것도 들리지 않았다.

"죽진 않았겠지? 그럼 제발 살려줘."

이아손의 눈을 바라보며 리키는 필사적으로 애원했다.

"뭐든지 할게. 그러니까 이대로 두고 가지 마."

"그렇게까지 감싸주고 싶나? 그렇게 저 남자가, 좋은가?"

비아냥도, 빈정거림도 아니었다. 하물며 비웃음도 아니었다. 조용하고 낮게 묻는 이아손의 어조는 무서울 만큼 진지했다.

"그런 게 아니야!"

리키의 입술이 일그러졌다.

"녀석을 여기까지 몰아넣은 원흉은 나와 당신이야, 이아손."

단호하게 대답했다. 이아손의 진의가 무엇이건 그것만큼은 틀림없는 사실이었다.

"당신한테는 벌레보다 못한 존재라도 내게는 가족이야. 가디언부터 계속 함께 자란 동료야. 여기서 녀석을 버리고 도망치면 나는 쓰레기보다 못한 놈이 되고 말 거야. 살아갈 수 없어…"

그것이 거짓 없는 리키의 진심이었다.

단순한 친구가 아닌 동료. 양육 센터의 마더들은 가디언을 '집'이라고 불렀다. 그곳에서 생활하는 6세부터 12세까지의 블록 메이트를 '가족'이라고 말했다.

그러니까 다들 사이좋게 서로 의지해야 한다고 했다.

당시 리키의 '가족'은 따로 있었다. 단 여덟 명뿐인 '동료'였다. 가디언에서 자랐지만 가디언에서 태어나지 않은 이질적이고 소중한 자들.

그러나 느닷없이 전혀 다른 환경에 던져진 스트레스는 장난이 아니었다. 결국 네 명이나 되던 사내아이들은 리키만 남기고 모두 죽어버렸다. 여자 넷은 아이를 낳기 위해 다른 곳으로 격리되었다.

홀로 남겨진 리키는 고독했다. 그런 리키에게 아무 대가도 바라지 않고 호의로 손을 내밀어준 이가 바로 가이였다.

그래서 리키의 마음속에서 가이는 언제나 특별했다.

리키에게는 가이밖에 없었기 때문이다.

리키에게 가이는 페어링 파트너라는 말 이상으로 삶을 지탱해주는 존재나 마찬가지였다.

그런 가이를 버릴 수는 없다.

가이가 한 짓과 그 사실은 리키의 마음속에서는 완전히 별개였다.

잠시 이아손은 잡아먹을 듯이 리키를 응시했다.

그리고 턱짓을 했다.

"먼저 가라."

"내가."

"너에겐 무리다. 먼저 가라."

리키는 말없이 거부했다.

이아손의 말을 의심하는 것이 아니다. 그러나 모든 것을 이아손에게 떠맡기고 혼자 이곳을 떠날 수는 없었다.

절대 그럴 수는 없었다. 섬뜩한 땅울림이 기어 올라왔다.

그래도 기다리는 것 외에는 방법이 없었다. 초 단위로 시간이 깎여나가는 초조와 불안에 내장마저 조금씩 타들어 가는 기분이었다.

이아손이 어깨에 가이를 둘러메고 다시 돌아왔다. 마치 짐짝 같은 취급이었다. 그런 리키의 동요를 꿰뚫어 본 것처럼 이아손은 차갑게 말했다.

"아직 숨은 붙어있다. 슬럼의 잡종은 끈질긴 게 장점이니까. 나머지는 운에 달려 있다."

잘게 흔들리며 삐걱거리는 통로를 조심스럽게 빠른 걸음으로 걸었다. 그것이 리키에게는 생각보다 힘겨웠다.

어디선가.

콰앙—!

폭음이 울려 퍼질 때마다 다리가 휘청거리고 벽에 부딪혔다.

그때마다 이아손은 뒤를 돌아보았다.

'난 괜찮아. 빨리 가.'

리키는 한껏 아무렇지도 않은 척하며 그를 노려보았다.

이아손이 앞을 바라보며 걷기 시작하면 순간 리키의 얼굴이 괴로운 듯이 일그러졌다. 그러나 상처가 욱신거려서 걸을 수 없다는 말 따윈 입이 찢어져도 할 수 없었다.

몇 미터 걸었다가 벽에 기대어 어깨를 들썩이며 거친 숨을 몰아쉰 후 또다시 걸음을 옮겼다. 밝은 푸른색 바닥이 끝났을 무렵에는 다리가 후들후들 떨리고 있었다.

저 두꺼운 셔터를 빠져나가면 슬로프다. 폭발의 여진으로 승강기는 사용할 수 없을 테니 그곳을 올라갈 수밖에 없다.

지금도 길이 흔들려서 힘겨운데 저 슬로프를 떨리는 다리로 올라갈 수 있을까?

생각하면 생각할수록 불안에 짓눌릴 것만 같았다. 그래도 약한 소리는 할 수 없었다.

위에는 카체가 있다. 그것이 유일한 희망이었다.

'어떻게든 되겠지. 인간은 스스로 포기하지 않는 한 지지 않으니까.'

지금은 그저 여기서 무사히 나가는 것만 생각하면 된다. 나중 일은 나중에 생각하면 된다.

흘러내리는 땀을 손등으로 닦으며 리키는 눈에 힘을 주고 앞을 바라보았다.

그 순간.

느닷없이 고막을 찢는 듯한 굉음이 리키를 덮쳤다.

온몸이 휘청거릴 만큼 격렬한 진동이었다.

다리가 꺾이고 바닥에 내동댕이쳐진 몸이 다시 튕겨 올랐다. 아픔이라고 지각하기보다 먼저 공포로 온몸이 굳어 버렸다.

콰직콰직 벽이 갈라졌다.

진동이 천장까지 퍼지고 일부가 무너져 내렸다.

바닥에는 지그재그로 균열이 일었다.

요란한 경보가 울려 퍼졌다.

합선되고 파열하는 조명.

시야가 흔들려서 뭐가 뭔지 정신을 차리지 못하고 있을 때.

"리키!"

고함과 함께 느닷없이 뺨을 얻어맞은 리키는 흠칫 정신을 차렸다.

바로 코앞에 이아손의 손이 있었다.

가이는 어떻게 됐지?

그런 생각을 할 여유도 없었다. 리키는 반쯤 뛰어들듯이 이아손에게 매달렸다.

그 후로는 거의 무아지경이었다.

시야에 비치는 모든 것들이 일그러져 보였다.

달리고 있는지.

걷고 있는지.

질질 끌려가고 있는지.

기고 있는지.

그것조차 알 수 없었다.

바로 눈앞에 슬로프가 있다.

조금만 더….

그때.

느닷없이.

셔터가 섬뜩한 소리를 울렸다.

멍하니 위를 올려다본 순간 셔터를 지탱하는 스토퍼가 기분 나쁜 소리를 울리며 뒤틀렸다.

'…위험해!'

그렇게 생각한 순간.

뭔가가 리키를 힘껏 떠밀었다.

아니, 집어던졌다.

한순간의 부유감.

그 직후의 추락감.

그리고 격통.

리키의 의식은 거기서 어둠에 잠겼다.

***

누군가가 거칠게 어깨를 흔들었다. 리키는 문득 의식을 되찾았다.

손을 움직이려고 한 것만으로도 온몸이 아팠다.

눈알이 욱신거리고 눈앞이 조금 핑 돌았다.

뭐가 어떻게 된 건지 도통 알 수가 없었다.

"리키… 괜찮나?"

익숙한 이아손의, 무슨 일에도 흔들리지 않는 이지적인 목소리에 조금 마음이 놓였다.

"아… 응, 그럭저럭."

리키는 비틀거리며 일어서서 무너져 내려 바닥을 파고든 셔터의 무참한 모습을 보고 꿀꺽 마른침을 삼켰다. 정말로 위기일발이었다.

"여긴 아직 괜찮은 것 같군. 걸어갈 수 있겠나?"

"기어서라도 갈 거야."

리키는 비틀거리며 일어섰다. 다리의 떨림은 아직 가라앉지 않았지만 그런 걸 신경 쓸 여유는 없었다.

"가자, 이아손. 이런 곳에 느긋하게 노닥거리고 있을 시간이 없어."

격렬한 흔들림은 가라앉았지만 섬뜩한 진동은 아직 계속되고 있었다.

그러나 이아손은 움직일 기색이 없었다.

"뭐 하는 거야. 빨리 가지 않으면 여기도 위험…."

이아손을 돌아본 순간 리키는 말을 잃었다.

그때 비로소 리키는 깨달았다. 이아손이 왜 벽에 기댄 채 움직이려고 하지 않는지.

느긋하게 구는 것이 아니었다. 일어서고 싶어도 일어설 수 없었기 때문이다.

"거짓… 말."

리키는 멍하니 중얼거렸다.

오른쪽 다리는 무릎이 뭉개진 채 발목이 떨어져 나가 있었고 왼쪽 다리는 허벅지부터 완전히 잘려나가 있었다. 그 아래로는 푸른 인공 혈액이 무시무시하게 흩어져서 금속 골격이 드러나 있었다.

가슴이 드러날 만큼 찢어진 옷. 드러난 어깨로 흘러내린 아름다운 머리카락. 그 모습이 소름이 끼칠 만큼 매혹적인 만큼 하반신의 무참한 모습은 저도 모르게 눈을 돌리고 싶을 정도였다.

목구멍이 얼어붙어서 목소리가 나오지 않았다.

이아손이 몸을 던져서 감싸준 것이다. 그 사실을 몸서리쳐질 만큼 뚜렷하게 깨달은 리키는 그저 움찔움찔 입술을 경련했다.

"가이는 슬로프 위에 있다."

마치 아무 일도 없었던 것처럼 담담한 어조였다.

한탄하는 듯한 어조도 아니었고 생색을 내거나 명령하는 것도 아니었다. 그 두 눈은 모든 것을 감수하면서도 블론디의 위엄을 잃지 않고 있었다.

양극단적인 침묵 속에서 두 사람의 시선이 뒤얽혔다.

"가라. 시간이 없다."

온화하고 깊은 목소리로 이아손은 타이르듯이 말했다.

이아손이 아무것도 기대하지 않는다는 것을… 알 수 있었다.

싫어.

안 돼.

그럴 수… 없어.

그러나 그저 입술만 떨릴 뿐 목소리는 나오지 않았다.

시간이 급박했다.

거의 정신력만으로 여기까지 온 리키에게는 두 사람을 끌고 갈 여유도 체력도 남아있지 않았다. 어느 한쪽을 선택해야 한다면 망설임 없이 가이를 선택할 것이다. 그 사실을 이아손도 알고 있는 듯했다.

"빨리 가라."

또다시 재촉을 받아 리키는 머뭇거리며 발걸음을 돌렸다. 피가 배어 나올 만큼 힘껏 입술을 깨물고 몸을 질질 끌며 슬로프를 올라갔다.

등 뒤로 아플 만큼 시선이 휘감겼다.

그래서 리키는 결코 뒤돌아보지 않았다.

한 번이라도 뒤를 돌아보면, 또다시 이아손과 시선을 마주치면 다시는 걸을 수 없을 것이다. 그걸 알고 있기 때문이었다.

이아손의 말대로 가이는 슬로프 위에 있었다. 마치 버림받은 인형처럼 그의 몸은 꿈쩍도 하지 않았다.

무거워.

안아서 일으키는 것만으로도 몹시 힘겨웠다. 그것만으로도 숨이 차올랐다.

간신히 반쯤 질질 끌다시피 해서 등에 짊어지자 더욱 묵직한 무게가 몸을 짓눌렀다.

떨리는 다리는 울고 싶을 만큼 힘없이 휘청거렸다. 가이를 업고 걸을 때마다 온몸의 마디마디가 삐걱거리며 비명을 질렀다.

하지만 그걸 괴롭다고 느낄 여유조차 없었다.

거친 숨을 몰아쉬며 리키는 그저 묵묵히 걸었다.

등에 업힌 가이가 숨을 쉬고 있는지 쉬고 있지 않은지. 그것조차 의식하지 않았다. 가이를 밖으로 데려가는 것만이 지금 리키에게는 전부였다.

토해내는 숨소리 외에는 아무것도 들리지 않았다.

그저 자신의 발밑만을 응시하며.

한 걸음, 또 한 걸음….

그렇게 절박한 시간관념마저 흐릿해질 무렵, 문득 누군가가 어깨를 흔들었다.

눈앞에 카체의 얼굴이 흐릿하게 떠 있었다.

그는 얼굴을 일그러뜨리며 뭔가를 외치고 있었다.

그때 느닷없이 그가 뺨을 때렸다. 귓속까지 마비될 듯한 아픔과 함께 머릿속을 부옇게 흐리고 있던 것이 겨우 떨어져 나갔다.

"리키. 리키!"

카체의 목소리가 이번에는 선명하게 들렸다.

동시에 온몸에서 힘이라는 힘이 모조리 빠져나가는 듯한 기분이 들었다.

"리키. 정신 차려. 무슨 일이 있었던 거지? 그 폭발은 뭐냐?"

빠른 어조로 다그치는 카체의 팔을 움켜잡고 리키는 커다랗게 가슴을 들썩거렸다.

"가이… 가이를… 부탁해."

"알았다. 기다려. 알겠나, 쓰러지면 안 돼."

"그럴, 시간… 없…어. 아직… 할 일이… 남아… 있어…."

"얘기는 나중에 해라."

"만약… 가이가, 살아난다… 면, 얼굴을… 바꾸고… 기억을, 전부… 지워… 줘."

"무슨 바보 같은 소릴 하는 거냐. 알겠으니까 이 손 놔."

"안에… 이아손이… 있어."

카체는 커다랗게 눈을 떴다.

"어디에. 어째서?"

지금까지 손을 놓으라고 말하던 카체가 반대로 리키의 멱살을 움켜잡고 소리 질렀다.

"가이가… 이아손을 길동무 삼아… 여길… 날려버릴 생각이었… 나봐."

카체의 얼굴은 다른 의미로 창백해졌다.

"폭발이 거세서… 나를… 감싸고… 이제… 움직일 수 없어…."

"그래서 두고 온 거냐?"

억눌린 목소리 밑바닥에는 노골적인 비난이 담겨 있었다.

"그러, 니까… 돌아가겠어."

강한 의지를 담아 리키는 말했다.

카체는 무심코 숨을 삼켰다.

"혼자… 가게 하진 않을 거야."

"제정신이냐? 너."

잔뜩 잠긴 목소리로 묻는 말에 리키는 눈으로 대답했다.

"이아손, 혼자라면… 좀 더 빨리, 빠져나올 수 있었을 거야. 하지만… 걸리적거릴 걸 알면서도 가이를… 구하러 돌아와 줬어. 게

다가… 나까지 감싸줬어. 돌아갈 이유는… 충분하잖아?"

이아손이 그 몸으로 보여준, 마지막 순간 최초이자 최후의 호의. 그것은 과거의 아픔을 모두 보상하고도 남았다.

"가…. 가이를, 데리고. 빨리 가지 않으면, 당신까지… 위험해질 거야."

더 이상의 대화는 시간 낭비. 그렇게 생각한 것일까, 카체는 재킷 주머니에서 애용하는 담뱃갑을 건네며 딱딱한 목소리로 속삭였다.

"안에 블랙 문이 들어있다."

블랙 문은 강력한 마약이다. 자살용 마약이라는 별명으로 불리기도 한다. 체내에 흡수되면 잠들듯이 죽을 수 있다는 게 특징이다.

헤비 스모커까지는 아니지만 카체가 담배를 피운다는 사실은 알고 있었다. 그러나 설마 그런 것까지 갖고 다닐 줄은 꿈에도 몰랐다. 리키는 한순간 눈을 크게 떴다.

"알겠지? 피우면 곧 편해질 거다."

'…아, 그런 거였나.'

엷은 미소를 지으며 리키는 고개를 끄덕였다.

카체가 가이를 업고 흔들림 없는 걸음걸이로 멀어져갔다. 그 후로 한 번도 뒤돌아보지 않는 것이 실로 카체다웠다.

카체와 가이를 태운 에어카가 전력 질주로 사라지는 것을 지켜본 후 리키는 비틀거리며 일어섰다.

이제 무거운 짐은 모두 사라졌다. 그렇게 생각하니 어째서인지 비틀거리던 발걸음도 거짓말처럼 가벼워졌다.

— ❀ —

이아손은 눈을 감고 있었다.

단정한 미모에는 일말의 불안도 망설임도 없어 보였다.

그러나 슬로프를 내려서 돌아온 리키를 본 순간 그는 생각지도 못할 만큼 동요를 보였다.

"리키…"

경악이라고밖에 말할 수 없는, 이아손의 그런 얼굴은 처음 보는 듯한 기분이 들어서 리키는 한순간 자신의 눈을 의심했다. 그리고 곧 이유 없이 쓴웃음을 지었다.

"그렇게 노골적으로 놀라지 마. 쑥스럽잖아."

그런 가벼운 농담마저 입에서 흘러나왔다.

왜?

그렇게는 묻지 않았다.

어째서?

그렇게 비난하지도 않았다.

그 눈은 그저 뭔가를 말하는 것처럼 리키를 응시하고 있었다.

"혼자서는 심심하잖아? 이야기 상대가 필요할 것 같아서."

이아손과 어깨를 맞대고 앉아서 리키는 천천히 벽에 기댔다. 그 벽이 삐걱거리며 흔들려도 이제는 아무렇지도 않았다.

"시끄러우면 말해줘. 입 다물 테니까…. 발밑에서 꼬리 치는 건 내 취미가 아니지만 얌전히 웅크리고 있는 것쯤은 나도 할 수 있어."

리키가 필요 이상으로 말이 많은 만큼 이아손은 과묵했다.

하지만 그것은 결코 냉담해서가 아니었다. 오히려 침묵은 지나칠 만큼 온화하고 부드러웠다. 이렇게 되고 나서야 겨우 그 사실을 깨달았다.

모든 족쇄가, 눈에 보이지 않는 진실이, 단숨에 풀려나간 듯한 기분이 들었다.

그동안에도 폭발음은 잇달아 울려 퍼졌다.

땅을 기는 듯한 진동은 멈추지 않았다.

이곳도 오래 버티지는 못할 거라는 생각이 들 만큼 진동은 더욱 격렬해질 뿐이었다.

리키는 손에 들고 있던 담배 케이스에서 두 개만 윗부분의 색이 다른 담배 한 개비를 꺼냈다.

"…피울래?"

이아손이 그 출처를 캐묻지 않았다. 눈썹을 찡그리지도 않았다.

"그렇군. 너와 단둘이 라스트 스모킹도 나쁘지 않지."

이아손은 우아한 동작으로 담배를 물자 리키는 케이스 안에 있는 라이터로 불을 붙여줬다.

위태로운 현실 따윈 아랑곳없이 엷은 담배 연기가 일렁이며 피어올랐다.

나머지 블랙 문을 꺼내 문 리키는 이아손의 담배에서 빨갛고 작게 타오르는 불꽃을 옮겨 붙였다.

마치 그것이 두 사람의 마지막 딥 키스인 것처럼.

천천히.

깊게.

조용히 들이마셨다.

부드럽고 씁쓸한 연기가 오장육부로 스며들어 순식간에 녹아내릴 듯한 달콤함으로 변했다.

울려 퍼지는 폭음.

좌우로 흔들리는 진동과 아래위로 흔들리는 진동이 번갈아 가며 몸을 덮쳤다.

자연스럽게… 말로 표현할 수 없는 수많은 감정을 담아 이아손이 리키를 꼬옥 끌어안았다.

아무것도 말하지 않는다.

아무것도 들리지 않는다.

담배를 문 채 이아손의 가슴에 깊이 기대어 리키는 살며시 미소를 지으며 조용히 눈을 감았다.

석양이 지평선을 물들였다.

폭음이 울려 퍼지고.

폭풍이 휘몰아쳤다.

그리고 다나 반은 붕괴했다.

15장

그날.

케레스는 모든 지역이 소란스럽고 모두가 망연자실해 있었다.

잊어버렸던 과거가 갑자기 그 존재를 과시하는 것처럼 굉음과 함께 불길에 휩싸여 폭발해버린 것이다. 청천벽력이란 바로 이런 것이다.

아니, 나름대로 우려는 있었다. 아무 대책도 마련하지 않고 몇 세대에 걸쳐 방치해두고 있었던 만큼 당연한 일이다.

폐기해도 완전히 철거하기에는 너무 거대해서 그대로 방치해놓은 상태였다. 케레스가 '슬럼'이라고 경멸받게 된 후 그 책임 소재도 애매해졌다. 말하자면 그뿐이었다.

갑작스러운 사태에 간담이 서늘해진 것은 케레스 주민들뿐만이 아니었다. 다나 반 폭발은 동시에 미다스 시민들의 뒤통수를 친 셈이기도 했다.

다나 반이 폭발해서 케레스가 사라져버렸다면 쌓이고 쌓인 혐오와 원망도 사라지고 차라리 박수갈채를 보냈을지도 모른다. 하지만 타격을 받은 것은 다나 반과 인접해있는 하베이. 그것도 거의 괴멸 상태였다.

이래서야 강 건너 불구경은 불가능하다. 그곳이 미다스 시민들의 정신적 지주라면 더더욱 그렇다.

불행 중 다행인 것은 에어리어—7은 기본적으로 관광객의 출입이 금지되어 있다는 점이다. 곧 비상조치가 취해졌고 하베이를 제외한 각 에어리어는 방어 실드가 발동되어 미다스를 찾아온 관광객들에게는 아무런 피해도 가지 않았다.

그래도 이날만큼은 불야성도 평소의 화려함을 잃고 일루미네이션의 빛도 여느 때처럼 밝지 못했다.

***

최우선 회선으로 카체에게 비상소집이 걸린 건 개인적으로 신뢰할 수 있는 의사에게 가이를 데려다준 지 30분도 지나지 않아서였다.

사안이 사안인 만큼 카체의 얼굴도 굳어 있었다. 이것저것 손을 쓸 시간도 없거니와 그럴 방법도 떠오르지 않았다. 그래도 무겁고 둔탁한 몸을 움직이지 않을 수 없었다.

수하들은 모두 불안한 기색이었다. 모두가 어깨를 맞대고 수군수군 속삭이고 있었다.

무리도 아니다. 지금까지 아무 징조도 없이 느닷없이 다나 반이 폭발한 것이다. 블랙마켓의 인간들도 예외는 아니다. 그나마 나은 것은 쓸데없이 허둥대지 않는다는 점이었다.

하지만 그곳에서 별실로 불려가서 이 상황과는 어울리지 않는 라울의 서늘한 얼굴을 본 순간, 카체는 간담이 서늘한 정도가 아니라 수명이 단축되는 듯한 기분을 느꼈다.

자신이 왜 이곳으로 불려왔는지, 그 의미를 통감했다.

라울은 쓸데없는 말은 일절 없이 느닷없이 '그 문제'를 꺼냈다.

"이아손과 연락이 되지 않는다. 어떻게 된 거냐?"

"이쪽에는 딱히 아무 지시도 들어오지 않았습니다."

애써 태연하게 대답했다. 이럴 때는 합금으로 만든 포커페이스
가 도움이 된다.

"어디 간다고도 말하지 않았나?"

"네."

카체는 단호하게 대답했다.

거짓말은 아니다. 그게 사실이다.

『이건 개인적인 문제다. 네가 표면에 나서서 움직일 필요는 없
다.』

이아손의 명령을 거역하는 것은 카체에게는 불가능하다. 그렇
지 않다면 리키가 실종된 시점에서 곧 전 바이슨 멤버들을 닥치는
대로 심문하고 다녔을 것이다.

결과적으로 그렇게 하지 않기를 잘했다. 그렇지 않으면 카체는
지금 여기서 이렇게 라울과 대치하고 있을 자신이 없었다.

"그래? 그렇다면 가르쳐주지. 하베이다."

"…네?"

순간 카체의 뺨이 살짝 굳었다.

연기 과잉이 되지 않도록 의식한 것이 아니다. 적지 않게 정말
놀랐기 때문이다. 단시간에 이아손의 자취를 거기까지 파악한 것

도 그렇지만. 이아손이 왜 그런 곳에 갔는지 알 수 없어서.

위장 공작?

설마.

숨겨진 의미를 생각하자면 끝이 없다.

다만 이래서는 점점 더 섣불리 말할 수 없다. 그 생각만이 더욱 강해졌다.

"14시 12분, 리버스 승차. 42분, 하베이 하차. 카라자에는 그렇게 기록되어 있더군."

타나그라의 엘리트는 물론이지만 미다스에서는 지극히 한정된 일부 인간밖에 모르는 '카라자'의 이름을 라울은 너무나도 아무렇지 않게 입에 담았다. 카체가 '가디언' 관계로 타나그라의 대리인이라는 것은 블론디 사이에서는 이미 잘 알려진 사실이었다.

캡슐 카는 ID 인증으로만 기동한다.

'그렇군…. 이아손은 에어카가 아니라 카라자를 사용한 거야.'

겨우 카체는 납득했다. 타나그라의 블론디로서 비밀리에 행동하는 것. 이아손이 어디까지나 '개인적인 문제'를 강조한 의미도 여기에 있었다.

"이아손은 뭘 하러 간 거지? 하베이에 뭐가 있나?"

"모릅니다. 아까도 말씀드렸지만…."

"뻔한 변명은 집어치워."

라울은 매섭게 말하며 카체를 응시했다.

"공적인 일이라면 모든 스케줄은 부관이 파악하고 있다. 그렇지 않으면 개인적인 문제다. 그렇다면 그건 네 영역이지 않나."

그건 대체 무슨 억지인가.

그리 생각했지만 말하지 않았다. 말해봤자 소용없으니까.

"이아손은 그만큼 널 높이 평가했다."

순간 카체는 어떤 표정을 지으면 좋을지 알 수 없었다.

다른 블론디들이 보기에는 그것이 '악취미'의 시작이었지만, 라울의 입에서 그 말을 들으니 어째서인지 묘하게 옆구리가 욱신거렸다.

"어디로 가셨는지도, 그 이유도 모릅니다… 라는 말은 안 통해. 무슨 입막음을 당했는지 모르지만 지금은 비상사태다. 하베이가 어떤 상황인지 모르지 않겠지. 그래도 계속 쓸데없는 거짓말을 할 생각이라면 기억 재생 장치를 쳐넣어서 뇌가 괴사할 때까지 휘저어주마."

저도 모르게 얼굴이 굳어버린 것은 그것이 단순한 협박이 아니라 라울의 진심이었기 때문이었다. 만만치 않은 성격에 진심과 허식을 섞은 언쟁 능력은 블론디의 필수 조건이지만, 유일하게 라울은 진심과 독설을 마구 내뱉는 직설적인 성격으로 유명했다.

"내가 알고 싶은 건 이아손이 무엇 때문에 하베이에 가서 지금 어디에 있느냐다."

온화한 말투와는 달리, 라울의 눈빛은 매섭기 그지없었다. 이아손도 그렇고 라울도 그렇고 그 눈은 도저히 의안으로 보이지 않는다. 확고한 의지는 눈동자에 깃든다는 말이 있다. 그것이 결코 살아 있는 인간만의 특권이 아니라는 사실을 카체는 새삼 실감했다.

적당한 이유를 붙여 거짓말로 변명해봤자 통할 상대가 아니다.

그걸 알고 있는 만큼 더더욱 혀가 굳어버렸다.

그러자 라울이 문득 톤을 낮췄다.

"설마 다나 반 폭발과 관계가 있지는 않겠지."

순간. 카체는 반사적으로 몸을 움찔했다. 한순간의 일이라 아무 것도 꾸밀 수가 없었다.

라울은 잠시 침묵에 잠겼다. 그러나 얼굴은 더욱 매섭고 꿰뚫어 보는 듯한 무시무시한 시선이 카체의 등줄기를 어루만졌다.

"말해. 아는 걸 전부 털어놔라."

그것은 다리도 허리도 뻣뻣하게 굳어버릴 만큼 가차 없는 협박 이었다. 이아손과는 대조적이었으나 솜털까지 곤두설 듯한 냉혹함 은 똑같았다.

카체는 꿀꺽 숨을 삼켰다.

그리고 각오했다.

억측이나 사사로운 감정은 일절 개입시키지 않고 지금까지의 경 위를 있는 그대로 라울에게 보고했다. 리키의 갑작스러운 실종부 터 시작해서 다나 반 폭발까지. 자신이 보고 들은 것만을. 100퍼센 트 진실에서 가이가 살아 있다는 사실만 제외하고.

라울의 얼굴이 일그러졌다.

끝까지 파고들면 '생명의 신비' 따윈 없다. 그 신념을 태연하게 실천해온 라울은 외부의 어떤 중상과 비방도 코웃음을 치며 가볍 게 넘겨왔다. 그 대담한 미모가 지금은 딱딱하게 굳은 채 일그러 져 있었다.

가이가 리키를 위해 목숨을 걸고 그 결과 다나 반은 물론 하베이까지 붕괴되었다는 사실을 라울은 도저히 이해하기 힘들 것이다. 그 이상으로 이아손이 리키를 감싸고 죽었다는 어처구니없는 사실에 경악을 넘어 분노마저 느꼈는지도 모른다.

이해할 수 없는 부분은 수없이 많을 것이다.

그러나 조금 창백한 얼굴로 담담하게 사실을 말하는 카체에게 라울은 단 한 번도 언성을 높이거나 부정하지 않았다.

라울이 그것을 '누구'에게 '어떻게' 보고하고 어떻게 처리할지, 카체는 알지 못한다. 카체 자신에게 어떤 처분이 기다리고 있는지도 알 수 없다.

그러나 어떤 결론을 내린다 해도 아마 그 사실이 밖으로 흘러나가는 일은 없을 거라고 카체는 생각했다.

블론디의 긍지가 있다.

타나그라의 체면이 있다.

무엇보다도 '이아손 밍크'의 이름을 더럽히지 않기 위해서….

라울 암은 그런 남자였다.

이아손과 라울 사이에는 그만한 뭔가가 확실하게 있었다. 친구라고 부르기에는 뜨겁고 정에 휩쓸리지 않는다. 그러면서도 암묵적으로 모든 것을 부숴버릴 듯한 유대가.

"다른 사람에게는 말하지 마라."

한마디 못을 박은 후 라울은 방에서 나갔다.

미다스 표준시, 22:10.

카체는 지칠 대로 지친 얼굴로 자신의 집으로 돌아왔다.

길고 정신없는 하루였다.

다리는 납덩이처럼 무겁고 머릿속은 멍했다. 곤두선 신경은 이제야 움찔움찔 경련을 일으켰다.

의자에 털썩 기대어 앉아서 카체는 반쯤 무의식적으로 재킷 가슴 주머니로 손을 뻗었다.

문득 깨달았다. 담배는 케이스째 리키에게 줬다는 사실을.

그걸 생각하니 더욱 피우지 않을 수 없어서 책상 서랍을 열고 새 담뱃갑을 꺼내 한 대를 꺼냈다.

불을 붙이고 한껏 깊이 빨아들였다.

엷고 가늘고 천천히 담배 연기가… 흔들린다.

평소와 다름없이….

그때 문득 뜨거운 것이 치밀어 올랐다.

연기 때문에 숨이 막힌 것도 아닌데 목구멍 안이 잘게 떨렸다.

그리고 느닷없이 눈물이 흘러내렸다.

그것이 너무나도 뜻밖이라 카체는 당황하며 눈물을 닦으려고 했다. 그러나 닦을 때마다 시야는 더욱 눈물로 일그러졌다.

참아도 참을 수 없이 눈물이 흘러나왔다.

억누르고, 악물고, 억지로 삼켜왔던 것이 한꺼번에 흘러넘쳤다.

힘껏 깨문 입술의 떨림이 멈추지 않았다. 입술을 비집고 오열마저 새어 나올 것 같아서 카체는 저도 모르게 두 손으로 입을 틀어막았다.

16장

그것은 피부에 들러붙는 불쾌한 물방울 같았다.

털어내도, 닦아도, 끈질기게 달라붙는.

그런데도 왜 화가 나는지 알 수가 없었다. 이유를 알 수 없는 가이는 멍하니 눈을 떴다.

그러나 그 탁하고 흐린 눈은 아무것도 보고 있지 않았다.

꿈인가.

현실인가.

그 어느 쪽도 인식하지 못하고 시선은 잠시 공허하게 허공을 방황했다.

천천히.

천천히….

그리고 문득 멈췄다.

두 번, 세 번. 가이의 눈이 작게 깜빡거렸다.

초점이 흐릿했던 두 눈에 생기가 돌아왔다. 그래도 아직 현실을 파악하기에는 너무 멀었다.

'여긴… 어디지?'

먼저 당혹감이 가슴을 찔렀다.

부드러운 조명으로 가득 찬 방 안은 청결 그 자체였다.

천장에도, 벽에도, 얼룩 하나 없었다. 공기는 기분 좋게 맑았다. 슬럼과는 이질적인 결벽함이 오히려 가이를 불안하게 만들었다.

왜 이런 곳에 있는 걸까? 라고.

시야는 고정되지 않고 바쁘게 움직였다.

그 시선이 느닷없이 딱딱하게 굳었다.

멍한 머릿속을 문득 막대로 세차게 얻어맞은 듯한 착각이 뜨거워졌다. 순간 끊겼던 기억이 한꺼번에 되살아났다.

처음에는 몸이 움츠러드는 공포가 밀려왔다.

사납게 치뜬 이아손의 두 눈이, 차갑게 얼어붙는 듯한 살기가 생생하게 되살아나서 심장을 움켜쥐었다. 그 끝에 타는 듯한 격통마저 느껴져서 가이는 재빨리 왼팔을 움켜잡았다.

목이 바싹 말랐다.

심장 소리가 귀에 거슬릴 만큼 울려 퍼지고 그것이 단순한 환청에 지나지 않는다는 걸 알면서도 식은땀이 축축하게 온몸을 적셨다.

왼팔이 무거웠다.

손가락 끝까지 저릿저릿했다.

'괜찮아…'

입술을 몇 번이나 핥으며 가이는 스스로를 위로하듯 왼팔을 쓰다듬었다.

그럴 생각이었다.

그러나 그 손에 기묘한 위화감을 느끼고 문득 손을 멈췄다.

그리고 보았다.

하지만 다음 순간. 한순간 자신의 눈을 의심했다. 아무것도… 없었다.

왼팔이 없어?

'어… 째서?'

다시 한 번 잡아먹을 듯이 응시하며 가이는 머뭇머뭇 오른손으로 더듬었다.

하지만 역시 그곳에는 아무것도 없었다.

가이는 입술을 깨물었다. 다나 반의 기억이 단숨에 물밀듯이 밀려들어 왔다. 이아손이 왼팔을 꺾었을 때의 그 공포와 격통과 함께.

이아손과 함께 죽을 작정으로 한 번은 버렸던 목숨이다. 그런데 왼팔 하나 잃어버렸다고 동요하는 자신이 지독히 한심했다.

미처 죽지 못한 순간에 뭔가 씌었던 것이 떨어져 나갔는지도 모른다. 그렇게 생각하자 자조 섞인 쓴웃음마저 흘러나왔다.

다음 날.

아무 예고도 없이 카체가 방으로 찾아왔다.

그 얼굴을 본 순간, 철렁 심장이 내려앉았다.

'스카페이스의… 카체.'

저도 모르게 등을 꼿꼿이 세우며 가이는 자세를 바로잡았다.

전에 아주 짧게 한 번 마주쳤을 뿐이다. 안드로이드 같은 차가운 미모도, 그것을 강조하는 뺨의 상처도, 정면으로 보기는 이번이 처음이었다.

한순간 키리에가 떠올라서 씁쓸한 아픔이 가슴을 따끔따끔 찔렀다. 하지만 그뿐이었다.

『카체가 나서면 끝장이야.』

리키는 그렇게 말했다. 각오는 이미 되어 있었다.

서로를 바라보는 시선은 강렬했다.

잠시 침묵이 흘렀다. 그 후 카체는,

"새삼 이름을 밝힐 필요는 없겠지만… 카체다."

냉랭하게 말했다.

가이는 고개를 끄덕였다.

"왼팔은… 틀린 것 같군. 하지만 대단한 생명력이라고 의사가 칭찬하더구나. 관에 두 다리를 집어넣은 상태에서 집념으로 기어올라 온 것 같다고. 뭔가 어지간히 미련이 남았거나, 아니면…."

"서론이 길군. 설교하러 온 건 아닐 텐데? 블론디 상대로 억지로 동반자살을 기도했다. 각오는 되어 있어."

허세가 아니다. 이제 와서 괜히 아등바등 추태를 부리고 싶지 않은 것뿐이다.

그래도 마음에 걸리는 것은 있었다. 이아손, 리키… 그들이 어떻게 되었는지 묻고 싶은 충동에 시달리면서도 확실하게 아는 것이 두려워서 아무 말도 할 수 없었다.

"무슨 각오?"

카체가 싸늘하게 물었다.

"뭐긴… 날 체포하러 온 거 아니야?"

그것밖에 떠오르지 않았다.

"내가 다나 반에서 이리로 너를 데려왔다."

"뭐?"

"그게 리키의 유언이었으니까."

가이는 멍하니 눈을 크게 떴다.

"…유… 언?"

리키의?

"그래."

왜?

어째서?

무슨 말인지 도무지 알 수 없었다.

아니… 이해할 수 없었다.

그런 가이에게 쐐기를 박듯이 카체는 담담하게 사건의 전말을 들려줬다. 라울에게 보고했던 사실에 카체가 알고 있는 진실을 덧붙여서.

가이는 알아야만 한다. 자신이 저지른 죄와 벌을. 이아손과 리키를 죽음으로 몰아넣은 책임을 비난할 권리 따위, 카체에게 없었지만 가이에게는 두 사람의 각오와 죽음을 알 책임이 있다. 그것이 아무리 견디기 힘든 일이라 해도.

이아손은 죽었다.

가이의 염원대로 다나 반은 그를 위한 무덤이 되었다.

단 가이가 아닌 리키를 길동무 삼아서.

그 묘비에 두 사람의 이름이 새겨질 일은 없다.

그 진실은 영원히 파헤쳐지지 않을 것이다.

케레스 자치 정부에서는 다나 반 붕괴 원인은 방치된 건물의 노화가 원인이라고 공식 발표했다.

그에 대해 타나그라는 아무런 입장 발표도 하지 않았지만 그 여파로 하베이 헬스 센터까지 괴멸되고 말았다. 그로 인해 미다스 시민들의 케레스에 대한 원망의 목소리는 한층 뜨거워질 것이다.

가이는 등줄기에 물벼락이라도 맞은 듯한 착각에 온몸이 얼어붙었다.

"거… 짓말…."

목소리는 잔뜩 쉬고 뺨은 꿈틀꿈틀 경련했다.

그러나.

"뭐가? 리키가 마지막으로 네가 아닌 이아손을 선택한 것이? 아니면 하베이가 괴멸된 것이?"

카체는 가차 없었다.

"질 나쁜 블랙 조크로 넘겨버리고 싶은 네 마음은 알겠지만 안타깝게도 잃어버린 것이 너무 크다. 원팔 하나쯤은 너무 값싼 대가지."

비난하는 것이 아니었다. 비웃는 것도 아니었다. 생각지도 못한 진지한 눈빛에 꿰뚫려 가이는 또다시 할 말을 잃었다.

"리키가 그러더군. 만약 네가 살아난다면 얼굴도 기억도 바꾸고 다른 인생을 살 수 있도록 해달라고. 그게 리키의 너에 대한 진지한 마음이겠지. 하지만 결말은 어쨌든 목숨을 걸면서까지 저지른 일이잖아? 그렇다면 마지막까지 책임을 져야 하지 않을까?"

가이는 아무 말 없이 이를 악물었다.

"어떤 상처도 그걸 질질 끌면서라도 살아가는 게 인생이야. 적어도 너는 머리에 새겨둬야만 해. 이아손과 리키의 죽음을. 기억을 지우는 건 그다음이라도 늦지 않아. 어차피 너는 죽은 걸로 되어 있으니 얼굴은 바꿔야 되겠지만. 네 인생이다. 잘 생각해보고 어느 쪽을 선택할지 네가 결정해라."

머릿속이 욱신욱신했다.

혈관이라는 혈관이 모조리 부풀어 올라 그대로 파열해버릴 것만 같았다.

그런데도 어째서인지 눈물은 나오지 않았다. 너무나도 격렬한 감정에 심장이 괴사해서 눈물샘마저 망가져 버린 것처럼….

<hr />

완전히 붕괴한 다나 반은 대지 위에 무참한 시체를 드러내고 있었다.

가이는 홀로 미동조차 하지 않고 그 잔해를 응시했다.

황량하고 거대한 무덤.

이 아래 리키와 이아손이 잠들어 있다. 영원히 파헤쳐지지 않을 그 사실을 아는 자는 지극히 한정된 이들뿐….

『아이노쿠사비라는 말을 알고 있나? 지금은 이미 사어(死語)를 넘어서 화석에 가까운 말이지만, 서로 다른 것을 단단히 하나로 연결해주는 물건이라더군.』

　문득 카체의 말이 떠올랐다.

　인간은 서로 의지하지 않으면 살아갈 수 없다. 페어링 파트너를 가리켜 리키는 그렇게 말했다고 한다.

　하지만 리키는 마지막의 마지막에 가이를 카체에게 맡기고 이아손을 선택했다. 그리고 죽었다.

　『나는 잘 모르겠지만 서로의 긍지를 상처 입히면서밖에 서로 끌릴 수 없는…. 그런 운명적인 만남도 있는 거겠지. 아마도….』

　운명적인 만남.

　가이에게 그 상대는 리키였다.

　그를 만난 기쁨. 리키와 함께였기에 가이는 살아갈 수 있었다. 그것은 단순한 우연이 아닌 필연이라고 생각했다.

　그러나 카체의 말이 그 생각을 지워버렸다.

　타나그라의 블론디와 슬럼의 잡종. 예를 들자면 이아손은 특별 주문한 블랙 박스고 그걸 열 수 있는 유일한 열쇠는 리키였다고 그는 말했다. 그렇기 때문에 주인과 펫이라는 일그러진 인연으로밖에 이어질 수 없었노라고.

　카체는 담담하게 말했다.

　『너는 그렇게 생각하고 싶지 않겠지만 그런 형태로밖에 이루어질 수 없는 사랑도 있을지 몰라.』

　'사랑의 형태… 라.'

　씁쓸한 것을 삼키듯 가슴속으로 중얼거렸다. 순간 있을 리 없는 왼팔이 욱신거리는 기분이 들어서 가이는 텅 빈 왼 손매를 꽈악 움켜쥐었다.

『남겨진 자들끼리 서로 아픔을 공유할 생각은 없지만 그 두 사람의 죽음이 아닌 삶을 이야기할 수 있는 사람은 이제 너와 나 둘뿐이다.』

죽음이 아닌 삶.

"곱씹어보겠어. 왼팔 하나를 잃어버린 무게를… 생각할 시간은 얼마든지 있을 것 같으니까."

리키.

그 이름을 가슴속에 되새겼다.

남몰래.

강하게.

마음의 깊이를 담아….

그때.

바람에 흩날리는 흙먼지와 함께 한 줄기 바람이 가이의 긴 머리카락을 흔들고 지나갔다.

〈끝〉

후기

후아아~ 끝났습니다.

무사히 '후기'까지 도달해서 이제야 한시름 놓입니다.

정신을 차리고 보니 벌써 연말… 으아아아아아…. 어쩌다 보니 1년간 끊임없이 마감 지옥이었던 것 같네요(웃음). 그 마무리가 『아이노쿠사비』마지막 권이라니 역시 감개무량합니다.

또 서론이 길어진 것 같군요.

안녕하세요. 『아이노쿠사비⑥』으로 인사드립니다.

4권과 5권이 거의 문고판으로 새로 쓴 상태였기 때문에 엄청나게 페이지수와 시간을 잡아먹었습니다. 하하하. ←맨날 이랬다고?

6권도 꽤 가필이 많았지만 다나 반 붕괴로 이어지는 긴장감이 끊이지 않고 위험&농밀하게 전개되기만 하면 저로서는 에브리띵 OK? 뭐니 뭐니 해도 이아손과 리키의 그 장면을 쓰고 싶어서 정신없이 달려온 거니까요.

…그건 그렇고 이번에 문고판을 가필·수정하면서 생각한 것은 역시 'BL'이 아니라 'JUNE'로구나… 라는 거였습니다. 그 무렵에는 여러 가지 의미로 자유로웠구나(웃음)라는 생각이 듭니다. 뭐 시대는 변해도 변함없는 뇌내망상균이 마구마구 증식 중이라는 사실은 변함없습니다만(와하하).

전권을 통해 새삼 생각한 것은 여러 타입의 캐릭터를 그리는 게 제일 즐거웠다… 라는 겁니다. 이것도 시리즈물의 특권일까요. 특히 문고판에서는 이아손과 라울을 포함한 블론디 군단을 그릴 수 있어서 좋았습니다. 게다가 머릿속에서 대화가 실제 목소리로 변환되는 즐거움까지 맛볼 수 있었으니까요. 우후후♡

이아손과 리키를 빼고 제일 좋아하는 캐릭터는 역시 고생 많은 (?) 카체입니다. 출연은 적지만 그다음은 라비. 리키도 그렇고 카체도 그렇고 라비도 그렇고, 트라우마 때문에 비뚤어진 캐릭터들이죠. 그 비뚤어진 모습이 셋 다 제각각인 점이 좋습니다.

가이는 등장인물 중에서는 제일 상식인이었습니다만(웃음) 마지막에 엄청난 이기주의자가 되고 말았죠. 하지만 연애 감정은 제일 평범하고 알기 쉬운 타입이랍니다. 네? 아니라구요?

하지만 알기 쉽고 상냥한 전 남친이 넘을 수 없는 절벽을 아래에서 올려다보며 파멸을 각오하고 기어 올라오는 거잖아요? 그것도 이기심을 고스란히 드러내면서. 연애물의 왕도 아닌가요? 아이노쿠사비 캐릭터 중에서 제일 솔직하고 이해하기 쉽지 않나요? 호불호는 별개로 치고.

스토리상으로는 그런 적 캐릭터(웃음)가 죽고 주인공 두 사람은 고난 끝에 살아남아서 러브러브 해피엔딩이 제일 보편적이죠. 하지만 역시 절대 뒤집히지 않을 계급제도 속에서 살아가는 이아손과 리키는 그런 결말밖에 맞이할 수 없지 않을까… 하고 생각합니다. 사랑의 형태는 천차만별이니까요. 저로서는 그것도 하나의 해피엔딩이라고 생각하지만 여러분은 어떠신가요?

다만 지금 이것과 똑같은 플롯을 내놔도 아마 절대 통과하지 못할 거예요. 그러니까 역시 'JUNE'랍니다(웃음).

제 안에서 'JUNE'와 'BL'의 구분선은 어디에 있을까 생각해봤을 때, 'JUNE'란 그저 자신의 머릿속에 쌓여있는 망상균을 토해내기 위한 유일한 장소랍니다. 궁극적인 자기만족? 왜냐하면 투고를 해야 하는걸요. 글을 써서 보내도 잡지에 실릴지 어떨지 알 수 없죠. 지금으로 말하자면 무모한 도박?(폭소) 그래도 망상균의 에너지는 굉장했다, 그 한마디로 모든 걸 설명할 수 있을 것 같아요. 그렇게 따지면 'BL'은 처음부터 담당이 붙어 있어서 어떤 의미로 상업적이죠.

어쨌든 끝났습니다. 일단 본편은. 나머지는 이것과 저것과 그것⋯(웃음). 쓸 생각은 많지만 그것도 스케줄에 달려있습니다.

자, 다음은 늘 그렇듯이(?) OVA 정보를 말씀드리겠습니다. 여러분, '소설 캐릭터'에 딸려있던 『아이노쿠사비』 애니메이션 다이제스트판은 벌써 보셨나요. 굉장히 아름답고 퀄리티가 높죠? 당시에는 하지 못했던 걸 이제는 할 수 있답니다. 기술의 진보란 정말 굉장해요. 감독님이 말씀하신 패기와 정열은 『아이노쿠사비』 스태프 일동의 공통적인 생각이기도 합니다.

개인적으로는 회의에서 감독님이 말씀하신 "젖꼭지가 중요한가요?"라는 한마디에 "네, 절대 빠뜨릴 수 없는 중요한 포인트예요!"라고 단호하게, 분명하게 선언했던 그 심혈을 기울인 신(웃음)이 굉장히 에로틱해서⋯ 하하하. 레코딩은 이제 막 2화가 끝났습니다만 순조롭게 진행 중입니다.

자, 그럼 항상 마지막의 마지막에 인사드려서 죄송합니다. 나가토 사이치 님, 첫 권부터 마지막 권까지 미려한 일러스트 감사합니다(깊이). 끈질기지만 시간이 있으면 꼭 블론디 군단이 모두 모여 있는 버전을 그려달라고 부탁드리고 싶습니다(다시 한 번 깊이).

그럼 이만.

2009년 12월

요시하라 리에코

아이노쿠사비 6

초판 1쇄 발행   2018년 3월 31일

글 요시하라 리에코
그림 나가토 사이치

발행인 원종우
발행처 이미지프레임
주소 (13814) 경기 과천시 뒷골1로 6, 3층
영업부 02 3667 2653 **편집부** 02 3667 2654 **팩스** 02 3667 2655
메일 mm@imageframe.kr **웹** mmnovel.com

ISBN 978-89-6052-040-0 03830
978-89-6052-061-5 (세트)

AI NO KUSABI 6